Milchgesicht

von Christian Duda

Für Josef!
Für Samy!
In Erinnerung an unsere
Sonntagnachmittage auf dem Dachboden

Unsere Jugend wird dahin sein
wie der Rauch aus dem Schornstein!

Aus dem Song »Ein Boot für uns«
von Bilderbuch

Milch-gesicht

von
Christian
Duda

BELTZ
& Gelberg

Hinter Türen

Diese Zeilen stehen wie der Keil unter einer Tür. Ohne sie würde etwas zufallen, zufallen ohne Knall. Meine Großmutter starb in ihrem Bett liegend, neben ihr hilflos die Enkelin, meine Cousine. Omas letzte Worte waren: »Das tut so weh!« Als sie die Augen schloss und ihre Bilder von der Welt gelöscht wurden, rief meine Cousine: »Bitte sterb' nicht!« Und dann war Oma tot.

Meine Oma: Cäcilia

Was ich weiß ...

Ihre Geburt liegt im Nebel. Nichts dokumentiert Omas Eintritt in die Welt. Weder Urkunde noch Notizen, keine Zeile, kein Keil gegen das Zufallen

– diese Tür ist zu.

Man nahm es mit Urkunden nicht immer und überall so ernst und Kriege haben vieles zerstört. Jedenfalls gibt es keine Geburtsurkunde, nur einen Dokumentenersatz mit ungefähren Daten.

Cäcilia Duda
geborene Kaselbacher
1913
Stempel

Geblieben sind kurze Anekdoten, vor langer Zeit erzählt und nur unvollständig erinnert; Geschichten, ausgespült von Sehnsucht und Vergesslichkeit, kaum Namen.

Unsere Verwandten schweigen oder schwelgen in traurigen, überzeichneten Porträts. Meine Besuche am Grab sind selten, dort war nie der rechte Ort für ein Gedenken.

Meine Brüder kannten sie kaum, und wäre Oma nicht spürbar durch mein Leben gegangen, wäre sie nicht die ersten Jahre meine Erzieherin gewesen – oje, höre ich mich denken, mein Ein und Alles war sie! –, nichts hätte mich darauf hingewiesen, dass sie existierte.

Doch sie war da. Für mich war sie da.

Cäcilia, ein Versuch

Unter Schmerzen und mit letzter Anstrengung brachte meine Urgroßmutter ihre Tochter Cäcilia zur Welt. Wo genau, weiß niemand.

»Wie hieß die Urgroßmutter?«, frage ich meine Mutter.

Wie ich ihr Schulterzucken hasse!

Das zwanzigste Jahrhundert hatte gerade begonnen und stand schon vor seinem ersten Knall. Ich hab's nachlesen müssen: Monate später werden die Zeitungen von einem Attentat auf den Thronfolger erzählen und der Name Sarajevo wird zum ersten Mal einen unheimlichen Klang besitzen.

Zu diesem Zeitpunkt ist meine unbekannte Urgroßmutter auch schon tot; nicht als ein weiteres Opfer des ersten Weltkrieges, sondern nach einer weiteren Geburt.

Komisch – keinen Namen, aber das weiß meine Mutter …

Meine Oma Cäcilia, gerade Herrin über die ersten Schritte geworden, steht mutterlos im Brausen der Weltgeschichte. Sie weiß nicht, dass der Hunger, der Mangel und die Kälte, unter denen sie leidet, eine direkte Folge des nationalistischen Gerangels europäischer Mächte ist. Gerangel heißt hier 30 Millionen Tote zum Vorglühen, denn der 2. Weltkrieg kommt erst noch. Wie gesagt – ich hab's nachgelesen.

Cäcilia ist hungrig und ihr ist kalt. Aus, basta. Politik ist ein Fremdwort und ihr chronischer Mangel an Wörtern wird bleiben. Ihre Angst vor Hunger ebenso.

»Iss auf, Burli«, hat sie immer gesagt, wenn ich was übrig ließ. »Wer weiß, wann du wieder etwas kriegst.«

Der Vater heiratet wieder. Eine neue Mutter bestimmt jetzt Cäcilias Leben. Auch sie ist eine einfache Frau, die zu diesem einfachen Mann, einem Tagelöhner und Kleinbauern, passt. Es ist eine böse Stiefmutter, ihren Charakter denke ich mir passend zur märchenhaften Dunkelheit der umliegenden Wälder. Vielleicht heißt »böse« aber auch nur, dass sie die Not verwaltet und nicht ignoriert? Aus mir ist ein Stadtkind geworden, wie soll ich's wissen?

Die Stiefmutter gebärt ihre eigenen Kinder, beweist mit jedem Kind, das sie in die Welt presst, dass sie nun die Herrin im Haus ist. Das Haus wird enger und die fremden Kinder werden älter. Tagsüber, während sie auf dem Feld arbeiten, ihre kleinen Körper hinter großen Ackergeräten und in weiter Landschaft verschwinden, fällt das niemandem auf. Am Abend aber, wenn der Vater mit seiner kleinen Arbeitskolonne schmutzig und müde zur Tür hereinkommt, ist es nicht mehr zu übersehen: Es sind zu viele!

Stiefmutter sagt: »Wir sind zu viele.« Doch ahnen selbst die Kleinkinder, wer hier überzählig ist.

Zuerst fällt ihr Stänkern nicht auf; der Dialekt unterscheidet nicht zwischen Klagen und Schimpfen. Mit der Zeit aber kann man sie nicht mehr überhören, die Rede vom Durchfüttern und Aushalten.

Kaum, dass eines dieser Kinder zwölf Jahre alt ist, wird es fortgebracht. Der Bauer zeigt sein Kind einem anderen, einem reicheren Bauern, sagt: »Du weißt, wir haben darüber gesprochen, hier ist es, mein Kind, das kann arbeiten. Meine Hand drauf!« Und zu seinem Kind gewandt: »Mach mir keine Schande!«

Meine Oma wurde wie all ihre Geschwister vom Vater verkauft.

»Des war damals normal,« erklärte sie mir später ohne Grimm. Wenn es auch normal war, ohne Folgen blieb es trotzdem nicht. Genau diese Generation wird schmutzig und frierend, aber mit stählernem Herzen im Schützengraben oder in Trümmern liegen und töten, leiden, sterben für einen Mann, der ihnen verspricht, ein guter Führer zu sein. Ein Volk, ein Reich, ein Vater – so ungefähr steht's auch in den Geschichtsbüchern.

»Der neue Herr war gütig, war böse, war anständig, aber jähzornig. Ich hatte es gut. Es hätte schlimmer kommen können. Nein, es war die Hölle«, so unterhalten sich die Geschwister, wenn sie sich später treffen bei einem Begräbnis oder einer Hochzeit, wo sie ein paar Plätze an einem Nebentisch zugewiesen bekommen.

Meine Oma Cäcilia hätte es schlimmer treffen können! Zwar arbeitet sie hart und ohne Unterlass. Ihr Tag hat nicht 24 Stunden, sondern beginnt mit einer Tätigkeit und endet mit einer Tätigkeit. Aber ihre Arbeit konzentriert sich auf das Innere des Hauses und das ist wieder ein Glück, denn sie lernt Nähen. Draußen auf dem Acker braucht's vor allem Kraft, im Haus aber Geschick und Handwerk.

Cäcilia lernt Nähen!

Das Wichtigste aber ist, dass ihr neuer Herr sexuell ausgelastet ist oder seine Frau gut aufpasst – Cäcilia muss ihm nicht im Bett dienen! Was sich wie eine Vergewaltigung anhört, ist auch eine. Doch hat man das nicht so genannt. Es war üblich, es war normal.

Eines Tages, wird Cäcilia mir sechzig Jahre später erzählen, bricht Blut aus ihrer »Scham«. Genau so hat sie es gesagt, dieses doppeldeutige Wort hat sie immer dann benutzt, wenn »dort« oder »da unten« nicht ausreichten. Wahrscheinlich kannte sie keine jugendfreie Bezeichnung. »Scheide« oder »Vagina«, das ist beides Latein für ein verkauftes Mädchen. Es ist diese Stelle am Körper, die als sündig, schmutzig und Quell der Gefahr bekannt ist. Ein Verwandter nannte es kichernd: »Das Schlupfloch des Teufels.«

Das Blut ist Beweis für ihre Schlechtigkeit! Cäcilia flüchtet in den Stall und versteckt sich dort. Die Bäuerin sucht ihre Magd. Hinter einer verschlossenen Tür hört sie Cäcilia in Tränen aufgelöst schluchzen. Sie will niemanden einlassen. Sie hat Angst, ob ihrer Sündigkeit verjagt zu werden. Ich stelle mir vor, dass biblische Szenen diese Augenblicke im dunklen Stall bebilderten, Szenen von entblößten Leibern, die geschunden und entehrt durch Jerusalems Straßen gejagt werden. Die Kirchen waren voll damit. Cäcilias Bilder waren allesamt alttestamentarisch. Andere kannte meine Oma nicht, Fernsehen kam später. Sprachlos, ohnmächtig hat sie nur ihre Tränen. Sie öffnet die Tür, nicht wissend, was der nächste Moment bringen wird. Die Bäuerin klärt Cäcilia auf, und der spätere Umgang meiner Großmutter mit der Sexualität ihrer Kinder und Enkel lässt mich vermuten, dass jene Bäuerin eine unkomplizierte und ehrliche Person war. Wenn Cäcilia auch Wörter fehlten, die Wahrheit hat sie immer gesagt! So gut sie halt konnte.

Mehr ist nicht.

Das ist die Kindheit und Jugend des Menschen, der mich erzogen hat. Mehr ist nicht; ein paar Stichworte und eine Anekdote mit der Überschrift »Meine Oma«.

Mein Opa: Christian Duda

Tage bevor meine Mutter schwanger wird und meine Geburt sich ankündigt, stirbt ein Mann, gerade 56 Jahre alt, an seinem dritten Herzinfarkt. Mein Großvater, Mann von Cäcilia, Vater zweier Töchter, Großvater einer zweijährigen Enkelin. Er stirbt, bevor sich sein heftigster Wunsch erfüllt: Der männliche Nachfolger!

Später wollen alle immer schon geahnt haben, dass er vorher sterben musste, damit sich dieser Wunsch erfüllte.

Der kriegt nie, was er will!

Christian Duda wird als ältester Sohn eines Alkoholikers geboren, der sich nach Zeugung des achten Kindes zu Tode säuft. Der zwölfjährige Christian ist Ernährer der Familie, Arbeiter in einem Stahlwerk, das am Rande des Semmering[1] einziger Arbeitgeber ist. Jedenfalls für die Masse an Besitz- und Bodenloser, der Masse der Zweit- und Drittgeborenen, der Zuspätgekommenen und Stiefkinder, der billigen Arbeitskräfte.

Mein Großvater ist ein Proletarier. Einer von denen, die in meinem Geschichtsbuch mit »Masse« beschrieben werden.

1 ***Semmering*** *Gebirgspass zwischen Niederösterreich und Steiermark*

Grobkörnige Schwarz-Weiß-Bilder sind darin, Bilder, auf denen nicht zu unterscheiden ist, ob das Schwarz auf der Wange Schmutz, Folgen des Hungers, der Anstrengung oder einer Krankheit ist oder doch nur ein Fehler der Druckmaschine. »Das Proletariat anfangs des 20. Jahrhunderts« – hier muss ich suchen, um zu verstehen, wie er gelebt hat, um darüber spekulieren zu können, was er gedacht hat. Und vielleicht finde ich auch hier einen Hinweis, warum er Cäcilia heiratet. Sie waren beide alt, Mitte 30, als sie sich kennenlernten und kurz darauf standesamtlich heirateten. Es wird nicht mehr viele Heiratskandidaten gegeben haben. Übrig geblieben scheinen sie mir.

Was ich weiß …

Christian war Mitbegründer der Werkskapelle und liebte seine Trompete.

Er war Mitglied der Sozialistischen Partei. Man erzählt sich, dass am 1. Mai die sozialistische und die kommunistische Blaskapelle so lange musizierend durch die Straßen zogen, bis sie sich endlich trafen, um sich gegenseitig zu verprügeln.

Er hat mit niemandem geredet und alles in sich hineingefressen. Der hätte mir nichts erzählt.

Er wollte unbedingt ein eigenes Stück Land besitzen. Zuerst hatte er sich aber einen Gartenschlauch gekauft, denn so ein Gartenschlauch galt ihm als ultimatives Symbol für Landbesitz. Als er Jahre später endlich eine Parzelle ergattert hatte, regnete es an diesem Tag. Mein Großvater stand im Regen auf seinem frisch erworbenen Grund mit dem Gartenschlauch in der Hand und goss. Er soll dabei nicht gelächelt haben.

Nein, diese Tür war nie offen. Ich höre nur Rauschen in einer leeren Muschel und denke mir ein Mehr.

Doch weiß ich: Meinen Jähzorn, mein Lachen und, Vergleiche mit den wenigen Fotos zeigen es, das hängende Lid meines linken Auges erbte ich von ihm. Spätabends, wenn ich müde bin und mein Gegenüber sich über ein offenes rechtes und ein halbgeschlossenes linkes Auge amüsiert, schaue nicht ich allein aus meinem Gesicht.

Er war kein richtiger Steirer, er war Tscheche, genauer gesagt Mähre, und ich weiß nicht, ob ihm diese Unterscheidung etwas bedeutete. Seine Töchter waren stolz auf dieses Halbmährentum. Österreich war mal stolz auf diese Vielfalt der Sprachen und Gesichter gewesen. Aber in der Provinz mag man Fremde nicht. Vor allem, wenn sie Arbeit und Frauen wegnehmen!

Auf den Fotos mit Werkskapelle oder Arbeitskollegen steht Christian jedenfalls immer am Rand, und deswegen bilde ich mir ein, dass ich auch das von ihm habe: Das Nicht-richtig-Dazzugehören.

Aber warum und zu welchem Zeitpunkt Christian mit seiner Familie an den Rand des Semmerings zog, weiß ich nicht. Nun – das Stahlwerk versprach Arbeit »in Hülle und Fülle«, wie man damals sagte. »Arbeitsmigration« nennen es die Historiker und wahrscheinlich war dies der Grund.

Hönigsberg

Hönigsberg am Rande des Semmering, eine Siedlung mit wenigen hundert Einwohnern, ist direkt an das Stahlwerk gebaut. Die Arbeiter wohnen in langgestreckten, dreigeschossigen Mietshäusern. Nach zehn Metern ist ein Treppenaufgang, auf dessen Stufen abends die Kinder und Alten sitzen und auf die Dunkelheit warten.

Vier dieser Mietshäuser im rechten Winkel zueinander gestellt ergeben ein Karree. Drei dieser Karrees, ein paar Häuser und Pavillons mit den Wirten, Bäckern, Metzgern sowie eine kleine Gartensiedlung mit Familienhäuschen für die leitenden Angestellten und die Ingenieure – das ist Hönigsberg. Das und die paar Bauernhöfe, die dem Weiler vor Urzeiten seinen Namen gaben. Es ist kein geschichtsträchtiger Ort, nicht einmal Teil des Semmering, sondern nur so ganz knapp daneben, gerade mal so Steiermark.

Am Rand von allem.

In der Neubaugasse 21, 2. Stock, also unterm Dach, wohnten Christian und Cäcilia Duda, zeugten ihre beiden Töchter. Hier starb zuerst Christian und 30 Jahre später auch Cäcilia. Dort lebte ich nach meiner Geburt viereinhalb Jahre lang mit ihr alleine, bis ein Brief aus Deutschland meinen Abschied von »Omama« und Semmering ankündigte, einen Abschied von Extrawurst und Schaumrollen.

In der Neubaugasse fand ich nach Cäcilias Tod in der Schublade des Küchenschrankes Briefe, Aufzeichnungen und Zeitungsschnipsel, die, zusammen mit den Erzählungen der Verwandten und Freunde meiner Großeltern, die Grundlage dieser Geschichte bilden. Fast alles ist Vermutung, das Wenigste beruht auf Wissen. Deswegen ist das Folgende nicht Resultat einer detektivischen Begabung, sondern reine Spekulation meiner unzuverlässigen Phantasie.

Doch wie soll man die eigentliche Geschichte anfangen, die ja keine Geschichte ist, sondern nur der Versuch, einem Leben Gestalt zu geben?

Wenn etwas zu Bruch ging, sagte Cäcilia immer zu mir: »Burli, magst du das bitte zusammenklauben?« Ich verstand »zusammeng*lauben*« und dachte, sie will, dass ich mir das zerbrochene Ding wieder als ein Ganzes vorstelle, als wäre es nie zerbrochen.

Das ist ein Zusammenglauben.

Milch-
gesicht

Sepp

Josef, genannt Sepp, ungenauer kann eine Geschichte aus Österreich kaum beginnen; in und um die Alpen ist keine Familie, die nicht einen Sepp ihr Eigen nennt. Bedenkt man die Vermischung der Familien durch Heirat, wird nur allzu klar, warum es schwer ist, sich Durchblick zu verschaffen. Eine Unterhaltung über Sepp birgt die Gefahr, dass nicht alle Beteiligten wissen, welcher Sepp gemeint ist, und oft klärt sich erst im Verlauf, wenn überhaupt, wessen Sepp Anlass zum Streit geworden ist.

Manchmal heißt ein Sepp nicht nur Sepp, sondern Käfersepp oder Dudasepp oder Kochlhofersepp. Innerhalb einer Familie ist der Sepp meistens ein Onkelsepp.

Mein Sepp ist ein Onkelsepp.

Er ist ein Bruder. Ob er der Bruder Christians oder Cäcilias ist oder vielleicht auch der Neffe, wird in den Notizen aus den Schubladen nicht erwähnt. Doch ist Sepps Krankheit ein deutlicher Hinweis, dass er ein Verwandter Cäcilias sein könnte.

Im 19. Jahrhundert und auch noch in der ersten Hälfte des 20. Jahrhunderts war die Gegend am und um den Semmering ohne Verkehrswege, die Dörfer und Einsiedlerhöfe ohne Anbindung. »Nix los hier!«, sagt man heute leichthin und hat keine Ahnung, was das bedeutet, wenn Jahrzehnt um Jahrzehnt nix los ist. Klar: Man arbeitet, isst, scheißt, schläft, stirbt und zwischendurch zeugt man Kinder. Was soll man auch sonst das liebe lange Jahrzehnt hindurch machen? »Nix los« heißt, dass das rohe Leben sich selbst genügt und sich so lange wiederholt, bis endlich was passiert. Jahrzehntelang passiert nix und dann ist plötzlich Krieg oder eine Landstraße wird gebaut. Man lebt in Großfamilien, und sobald ein Kind im heiratsfähigen Alter ist, sucht es sich einen Partner, etwa eine Gleichaltrige oder einen frisch Verwitweten. Diese Suche beschränkt sich, mit wenigen Ausnahmen, auf die zu Fuß erreichbare Umgebung. In einem dünn besiedelten Gebiet schließt sich der Kreis schnell. Nicht nur kennt jeder jeden – man ist meistens auch noch verwandt! Obwohl der direkte Inzest als pervers, unmoralisch oder unchristlich gebrandmarkt wird, ist die Heirat zwischen Cousin und Cousine keine Seltenheit. Selbst bei der Vermählung zweier sich scheinbar Unbekannter stellt man noch während der Hochzeitsfeier fest, dass ihre nächsten Verwandten sich so gar nicht fremd sind. Der Einfluss auswärtiger Gene ist gering. Die Dörfer rund um den Semmering bieten Forschern zum Thema Erbkrankheiten ein bestelltes Feld. Erst das Stahlwerk und der Zuzug von Arbeitskräften ändert das!

Als Sepp zur Welt kommt, ist seine Haut schon auffallend weiß.

»Der ist aber käsig!« – irgendwer wird das schon gesagt haben. Die Umstehenden denken wahrscheinlich, es ist die schlechte Ernährung und die harte Arbeit. Sepps Mutter musste nach Hause eilen, um nicht auf dem Feld zu gebären.

Vielleicht denken sich die Erwachsenen auch nichts, sondern stehen jedem neuen Kind gleichgültig gegenüber und warten ab, ob es überlebt. Auf den Friedhöfen stehen die Kinderkreuze eng gedrängt, die Särge sind ja klein. Die Totgeburten hingegen liegen jenseits der Friedhofsmauer, weil sie noch nicht getauft sind. Sie schaffen es nicht auf den geweihten Acker und schon gar nicht in Gottes Paradies; wer ohne Taufe bleibt, schmort in der Hölle oder verrottet hinter der Friedhofsmauer. Wahrscheinlich warten auch Sepps Eltern einfach ab.

Gleich nach der Geburt muss die Mutter wieder aufs Feld und Sepp wird mitgenommen. Wie eine Mumie in Tücher gebunden liegt er am Rand des Feldes. In Sicht- und Rufweite zu ihr hat er seine ersten Lebenstage verbracht.

Der Vater hat ein kleines Segel zum Schutz gegen das Wetter aufgestellt, es schaukelt im Wind. Der weht die trockene, staubige Erde in Sepps Gesicht, schmeißt das Segel um, worauf Sonne oder Regen dem Baby zusetzen.

Dann schreit's.

Die Mutter unterbricht ihre Arbeit.

Der Bauer ärgert sich.

Er braucht ihre Hand beim Einsetzen, Pflügen oder Ernten – je nach Jahreszeit. Fürs Wiegen und Beruhigen sieht er keinen Grund, egal wann.

»Der beruhigt sich schon wieder!«, brüllt er unleidlich und: »Des zieh ich dir vom Lohn ab!«

Die Mutter behilft sich mit einem Bauerntrick und gibt dem Kind einen »Zuz«, einen Stoffschnuller, den sie zuvor mit Schnaps getränkt hat. Gerade zur Welt gekommen, liegt Sepp schon im Vollrausch unterm Wetter. Hackedicht!

Wären nicht die Ausschläge im Gesicht und die entzündeten Augen gewesen, Sepp wäre noch lange besoffen am Ackerrand gelegen. Zuerst glaubt Mutter, er verträgt den Alkohol nicht, und setzt ihr Hausmittelchen wieder ab. Doch am Abend sieht sie besorgt in das fleckige Gesicht ihres Säuglings. Sepp, der aus seinen halbblinden, entzündeten Augen auf die mehlig-weichen Konturen seiner Mutter zurückschaut, gibt keine Ruhe, sieht krank aus. Oder hieß es damals schon: Sieht anders aus?

Die Tage auf dem Feld werden für Sepp und seine Mutter zur Hölle. Der nüchterne Sepp schreit und die aufgelöste Mutter kommt nicht zum Arbeiten, der Bauer tobt und schimpft, ihr Mann, der vielleicht mit ihr am Ackerrand steht, schaut hilflos zum Himmel und fragt seinen unsichtbaren, aber alles sehenden Gott: »Was habe ich nur getan, dass du mich derart strafst?« Und da Gott nie antwortet, schreit Vater seine Frau an: »Mach's endlich ruhig!«

Wie lange die Eltern durchhalten, bis sie zum Arzt gehen, das wenige Geld, das sie besitzen, für ein Kind ausgeben, das vielleicht morgen schon tot sein kann? Sicher ist, dass sie den Arzt besuchen. Er erklärt ihnen, dass ihr Sohn unter einer Krankheit leidet, deren Namen sie nicht aussprechen, geschweige denn schreiben können und sich folglich auch nicht merken.

»Krank is' er. Sehr krank.«

Es sei darauf zu achten, dass der Junge nicht ungeschützt ins grelle Sonnenlicht gerate, da Sonnenlicht seiner Haut und seinen Augen schade. Und dass er regelmäßig Blut frisch geschlachteter Tiere trinken müsse, da es seinen körpereigenen Mangel an wichtigen Blutbestandteilen lindere und somit verhindert werde, dass zu alledem auch noch das Zahnfleisch schrumpfe.

»Schlimm is' es! Ihr könnt euch nicht vorstellen, wie schlimm! Hab es selbst nicht verstanden ...«

Ob der Arzt den Eltern auch erklärt hat, dass diese Krankheit Ausdruck eines zu engen verwandtschaftlichen Grades der Eheleute ist? Ob er das überhaupt erkannt hat? Arzt und Eltern hätten nicht gewusst, wie auf diesen Befund zu reagieren wäre. Es gab keine Heilung.

Ob es ihnen Trost gewesen wäre, wenn sie gewusst hätten, dass schon die deutsche Kaiserfamilie und der Zar von Russland an der gleichen Krankheit litten?

»Woher diese Krankheit kommt? Man weiß es nicht ...«

Aber sie wissen, dass sie sich ein Kind mit Auflagen nicht leisten können. Es sind nicht die Kosten für Medikamente, das Blut war sicher nicht allzu teuer. Es ist vielmehr der Aufwand an Zeit und Hinwendung, den solch ein Junge benötigt und die Eltern nicht aufbringen können.

»Des is' a Wahnsinn!«

Eine Tante, kinderlos und einsam, da unfruchtbar oder verwitwet oder beides, wird besucht. Sie nimmt Sepp bei sich auf, an Kindes statt.

Tanten, also alleinstehende Damen, ohne Kind, ohne Mann, wohnen meist in einem einzigen Zimmer. Es sieht wie ein angestaubtes Brautzimmer aus. Überall finden sich Reste einer nie benötigten Mitgift, die im Laufe der Zeit Stück um Stück veräußert wird. Dort ein Tuch, das am Tag der Heirat einer Nichte an die Braut weitergegeben wird, hier ein graviertes Tablett, für den Geburtstag des Patensohnes schon reserviert. Übrig bleibt meist Geschirr, eine goldumrandete Tasse, als Zeichen einer noch zu lebenden Partnerschaft mit einem Mann, der doch nie gekommen ist.

»Tante« betont nicht den Verwandtschaftsgrad, »Tante« ist das Mal auf der Stirn einer unverheirateten Frau. Heiratet sie, wird sie die »Frau von« und verliert den Titel. So sind Beerdigungen von Tanten auf ihre Art traurig. Die Hinterbliebenen stehen im Zimmer der Toten; Zimmer, die ohne ihre Bewohnerin besonders absurd wirken. Das Bett als reine Schlaf- und Kummerstätte, die sauberen, nie belasteten Leintücher, ein Koffer, der einzig beim Einzug in diesen Raum benutzt wurde; überall Gegenstände, die, selbst wenn sie mal von Nutzen waren, nun die Sinnlosigkeit eines Lebens dokumentieren. Am eindrücklichsten sind Bilder, Fotografien. Die Hinterbliebenen werfen einen letzten Blick auf diese Dokumente und sprechen den Satz des Tages: »Die Tante war aber mal eine schöne Frau.«

Es ist zu beobachten, dass nach dem Tod einer Tante die Zahl der Vermählungen in die Höhe schnellt und manch eine Frau, im Glauben, das Richtige zu tun, den größten Fehler ihres Lebens begeht.

Tante

Sepp liegt mit offenen Augen im Bett der Tante. An der Wand tickt laut die Küchenuhr. Uhrenticken ist ein lautes Geräusch, wenn nirgends ein Fernseher plärrt.

»Braves Bürscherl«, flüstert die über ihn gebeugte Tante und Sepp lächelt mit seinen trüben, immer entzündeten Augen ins Halbdunkel zurück.

»Sepperl, kleins Sepperl«, singt sie und kontrolliert mit mütterlicher Sorge die Vorhänge.

Ihr Zimmer – womit, wenn man von der Küche und einer Toilette auf dem Hof absieht, die ganze Wohnung gemeint ist – war nie besonders hell. Durch das kleine Fenster tritt nur am späten Abend Licht. Doch seit die Tante zu einem Kind kam, Sepp in ihr Leben trat, ist das Fenster mit drei Lagen Stoff verhangen. Cäcilia, ihre Nichte, hat aus einem alten Tischtuch und zerschlissenen Überdecken Vorhänge genäht.

»Die böse Sonne darf hier nicht rein. Stimmt's, Seppi?«

Sepp, seit einem halben Jahr Sohn einer ihn umsorgenden Mutter, schläft über Uhrticken und dem Singsang ein.

»Burli, schläfst du schon?«

Vorsichtig kriecht Tante zu Sepp ins Bett und legt sich neben ihn. Dort liegt sie und bewacht mit Argusaugen das gleichmäßige Schnaufen des Mannes, der sie erst zu einer richtigen Frau gemacht hat. Ein zerbrechlicher Mann ist das. Sie hält die Luft an, bis sie endlich in ihrer Kuhle liegt, atmet dann leise aus. Doch ungeübt, wie sie ist, gerät sie außer Atem und holt tief Luft. Verflixt nochmal, denkt sie jetzt, ich wollte doch ruhig sein.

Erste Pflichten

»Die Windeln wechseln und gleich auswaschen, denn sonst stinkt's und man kriegt es nicht mehr raus.«

Die Tante nickt. Die Uhr tickt.

»Am besten gleich auswaschen, das macht zwar Arbeit, aber du hast nur eine kleine Wohnung. Wo willst du die verschissenen Windeln in der Zwischenzeit hinlegen?«

Die Tante sieht sich kurz in ihrem Zimmer um und nickt.

»Da neben dem Spülstein stellst den kleinen Tisch hin, eine alte Decke drauf, die Ecken an den Tischbeinen festbinden, sonst rutscht dir der Bursch samt Decke von der Platte und –« Scheinbar reicht dieses »und«, denn weitere Ausschmückungen kommen nicht. Die Tante reißt die Augen auf.

»Ist alles schon passiert! Glaub mir …«

Die Tante schüttelt den Kopf, sieht zu ihrem schlummernden Baby, zieht einen Flunsch und nickt.

»Immer eincremen. Und schnell musst du sein. Die frieren schnell, können das aber nicht sagen. So ein Schnupfen ist für ein Baby gefährlich. Wenn du rausgehst, nie die Überdecke vergessen. Es ist kalt und sie bewegen sich kaum, die frieren schneller, verkühlen sich noch schneller. Da heißt es aufpassen!«

Die Tante nickt.

»Hast du noch Fragen?«

Die Tante nickt nicht. Sie zieht die Schultern langsam hoch, schaut nach ihrem Baby, sieht das lustige Matschgesicht, denkt »Ach, wie süß!«, will gerne was anderes denken, doch kann das nicht, sieht zu ihrem Gegenüber, das die Tante streng ins Visier genommen hat, aber auch das hilft nicht. Die Tante nickt nicht mehr.

Verlegen fragt sie: »Einen Kaffee?«

»Nein«, kommt streng die Antwort, »wenn du keine Fragen mehr hast, werde ich jetzt gehen. Ich hab ja selbst genug zu tun. Möcht nicht wissen, was die in der Zwischenzeit schon alles angestellt haben!«

Das ist ganz ernst gemeint und trotzdem kichert die Tante. Dann geleitet sie die andere zur Tür, sagt dort brav ihr Verslein auf: »Danke, dass du mir so geholfen hast, und danke für die Sachen!«

»Ich brauch das Zeug hoffentlich nicht mehr. Und wenn, dann schneid ich meinem Mann die Eier ab! Grüß dich und bis bald!«

»Endlich …«, denkt Tante und schließt die Tür, rennt zurück ins Zimmer, zieht Rock und Bluse aus und krabbelt zum Buben unters Laken. »… allein«, beendet sie hier überglücklich den Satz.

Leise dreht sie sich zur Seite, hält ihre Nase ganz nah an sein Gesicht, nimmt einen Zug und atmet tief ein. Strahlend schließt sie die Augen und reißt sie sofort wieder auf. Doch, doch! Ist alles kein Traum. Er ist immer noch da! Und schaut doch! Wie hübsch er ist! »So ein Fratz!«

Wieder die Tante

Neben Tante liegt der kleine Bub und drückt sein Gesicht in ihren kühlen Oberarm, holt Luft. Sie riecht so sauber. Das helle Rosa ihrer Haut betrachtet er stumm. Am Rücken spürt er ihren warmen Rumpf. In seinem Nacken kreist ein grober Finger, sie dreht ihm eine Locke und er genießt die unregelmäßigen Schauer, die Entladungen von Mini-Blitzen, die ihm zum Steiß hinuntersausen.

Sie kann die Finger nicht von ihm lassen, fummelt ihn von links nach rechts durch, entdeckt einen Kratzer und cremt ihn ein, kontrolliert jeden Zehennagel mit einem Ernst, den sie sofort abstreiten würde, wenn man ihn ihr beschriebe.

»Bist du deppert? Als hätt i nix Bessres zum tuan?«

Sie gehen gemeinsam ins Bett, Mittagsschlaf, Nachtruhe, egal was; alles wird geteilt. Der Bub stößt sich, weint und Tante weint trocken mit. Ihr Gesicht von seinem Schmerz verzogen beugt sie sich über ihn, drückt ihn an sich und diese Wärme ist Trost und Linderung. Er wiederum spürt den Schmerz und hält zuerst nach ihr Ausschau, flüchtet zuerst in ihre Arme, wo er endlich richtig weinen kann.

»Hast du a Pech«, bestätigt sie sein Leid und der verwöhnte Bub ist ganz bei ihr!

Alles ist Zuwendung. Jeder Blick, jedes Wort.

Ein Milchgesicht

»Laufen kann er auch schon?«

Jeden Tag macht der Briefträger eine Pause bei der Tante und trinkt Schnaps, den sie, die keinen Alkohol verträgt, nur für ihn kauft. Sie ist nicht die Einzige, die der Briefträger besucht. »Laufen kann er auch schon. So, so!« – Worte eines Briefträgers.

Sepp ist wie jedes Kind einer überbesorgten Mutter ein Spätentwickler; eigentlich müsste der Briefträger sagen: »Wird auch Zeit!« Doch beherrscht er die Tanten-Psychologie.

Der Briefträger sitzt am Tisch und schaut zu Sepp. Die Tante steht an der Spüle und wischt ein Schnapsglas ab.

»Ja, letzte Woche haben wir laufen gelernt, stimmt's, Seppi?«

Sie stellt das Glas samt einer Flasche Birnenschnaps auf den Tisch, und der Briefträger sagt, was er jedes Mal sagt: »Das wäre aber nicht nötig gewesen.«

Sepperl sitzt auf dem Boden. Die Tante hat eine dicke Wolldecke ausgebreitet, auf der er, bei seinen Versuchen, allein aufzustehen, vergeblich Halt sucht.

»Sonst verkühlt sich der Junge! Es ist kalt, vom Boden her, da zieht es immer!«

Er lernt trotzdem Laufen, nur etwas später als andere Kinder. Und das wird bleiben, dieses »später als andere«. Ein Leben lang wird man denken, »typisch Sepp« – und die Wolldecken und anderen Stolperfallen der übervorsichtigen Mutter übersehen!

»Na, du Milchgesicht, wie geht's uns heute?«

Drei Silben bringen den Briefträger um die tägliche Schnapsration.

Milchgesicht!

Vielleicht war es die Hitze oder eine zu hohe Schnapsration bei der vorigen Tante, die ihn derart unkonzentriert werden ließ. Ob er es gleich gemerkt hat, dass hier was mächtig schiefgegangen ist?

Entschuldigen kann er sich auch nicht. Das fällt den Männern schwer, einer Frau gegenüber ist es eigentlich eine Unmöglichkeit. Wie ein Gesichtsverlust. Man stelle sich das vor! Das kann man schon deswegen nicht erzählen, weil es noch nie passiert ist.

Milchgesicht hat er gesagt. Die Tante ist stumm. Auch sie hat keine Worte für das Vorgefallene. »Was fällt Ihnen ein?« fällt ihr nicht ein. Solche Floskeln stehen in der gehobenen Literatur hinterm Lederrücken, so was hat die Tante nicht! Man hat Standesbewusstsein, man hat Haltung, aber Worte fehlen. Sie weiß, dass sich dieses »Milchgesicht« nicht gehört. Das sagt ihr das Gefühl und das muss reichen.

Sie stellt das Schnapsglas wieder in den Küchenschrank und beginnt zu kochen. Sie knallt mit Pfannen und schweigt. Sie spielt die Unbeobachtete, während der Briefträger auf seine Hand starrt. Darin fehlt gerade ein Schnapsglas.

»Hast auch schon Hunger, Sepp?«

»Ja, Mama.«

Der Briefträger wartet nicht länger auf den Alkohol. Er kennt die Tanten, wie gesagt, und kurze Zeit später verlässt er die Wohnung. Nie wieder wird er an diesem Tisch sitzen, nie wieder einen Plausch mit dieser Tante halten.

Sepp verliert eine der wenigen männlichen Kontaktpersonen in seinem Leben. Doch das weiß in diesem Moment niemand.

Mundart

»Na, weißt ja eh, wie er is'! Geh hör auf, was glaubst denn du …«

Die Tante steht auf der Straße. Über ihr, die speckigen Oberarme im Fensterrahmen verkantet, schwebt eine Bekannte in der Fassade und tratscht.

»Schiacher[2] Kerl, und saufen tut er, wo er nur kann. Weißt ja selber. Rennt von Glaserl zu Glaserl, vergisst b'soffen die Hälfte! Is ja eh die ganze Zeit bei dir g'sessen. Aber i hobs dir ja g'sogt. Nur glauben hast as net wolln. Jetzt siehst du's selber. I hob di gwarnt. Die Leut tratsch'n! Da heisst's aufpassn! Weißt ja selber … Kannst di noch an die Bodenhuber-Leni erinnern? Des is schnell passiert. Armes Weib. Heut tut sie mir leid, obwohl ihr recht g'schieht, dem falschen Luder. Was hab i mit ihr gredt, aber sie wollt nicht hören. Wie mit einer Kranken hab ich mit ihr g'redt, aber g'holfen hat es nicht. Was soll der Schmäh, selba schuld. Jetzt aber weint's herum, hätt's nur auf mi g'hört. Glaub mir, es ist besser so, der Briefträger taugt nix, glaub mir.«

Aha, der Briefträger also!

Sepp steht an Tantes Seite und blickt in die Höhe, die Au-

2 ***Schiacher*** *hässlicher*

gen starr auf das Tratschmaul gerichtet. Wie ein Regenrohr speit es nassen Lärm aufs Trottoir, doch gerade hat es Pause gemacht, was noch unangenehmer ist. Also nimmt der Übelkübel den kleinen Buben ins Visier, grinst kurz und speit weiter, nur irgendwie lauter und schriller, weil Kinder sind ja generell etwas dumm, und dieses hier ... aber lassen wir das:

»Seppi? Bist eh brav zur Mama, nicht? Bist ein braver Sepp? Pass schön auf auf die Mama! Ja? Beschützen musst du sie.« Und jetzt leiser, als würde das ausreichen, damit der Bub es nicht mehr versteht: »Er ist ein süßer Fratz, ein rechter Steirer. Glaub mir, sei froh, dass du ihn hast. Feiner Bursch!«

Später steht eine andere Frau unter demselben Fenster und hört:

»Schiach sieht er aus, der Schorf um die Augen. Kratzen tut er sich die ganze Zeit, des arme Weib tut ma leid. Keinen Mann und an kleinen Trottel, auf den sie aufpassen muss. Na grausam, i sag's dir.«

Nein, nicht der Briefträger.

Wer Tante und Sepp so die Straße entlanggehen sieht, muss wohl denken, da kommt ein fröhliches Kind mit seiner Mutter. Doch das setzt etwas voraus, was eine kleine Gemeinde, auch wenn sie eine Arbeitersiedlung ist, nicht hat: Distanz. Nur ein paar Schritte und schon ist man sich viel zu nah.

Was nur ein paar Kilometer in den Bezirkshauptstädten Bruck an der Murr und Leoben gut gegangen wäre, musste hier zur Katastrophe führen. Tratsch gibt es überall, Abwechslung leider nicht. Hier ist man ein Leben lang Thema.

Ausgehen

»Du bleibst hier!«

Christian packt seine Trompete aus.

»Nimm mich doch mit.«

Cäcilia steht hilflos in der Küche. Wie immer, wenn sie einen Wunsch hat und nicht weiß, wie ihn durchsetzen, steht sie mit leicht angewinkelten Armen neben ihrer Nähmaschine und schaut. Schaut zu Christian und sieht ihn nicht. Sieht nur die Bilder in ihrem Kopf. Szenen, in denen sie mit kurzen, knappen Hieben über ihre Widersacher triumphiert, die sich unverschämt und ungerecht in ihren Weg stellten.

Christian wienert die Trompete und schweigt. Er hat es nicht nötig, sich in Bilder zu flüchten. Er herrscht in der Wirklichkeit.

Ihre Töchter, Lore und Resi, stehen am Fenster und starren durch die geschlossenen Scheiben. Sie müssen schweigen. Christian poliert den Trichter seines Instrumentes.

Er hat gesagt, was zu sagen war. Es gibt nichts zu debattieren.

»Sag doch was!«

»Was?«

Was!

Christian quält Cäcilia. Er weiß das.

Cäcilia kämpft mit den Bildern im Kopf, mit ihrer Fassung. Sie weiß, ihre Stimme wird brechen. Trotzdem öffnet sie den Mund und sagt: »Ich will mit. Ich will ausgehen, mit Leuten reden, dir beim Musizieren zusehen.«

Die letzten Worte klingen weinerlich und kindisch. Kindisch wie ein kleines Mädchen, nicht erwachsen wie eine Frau und Mutter. Kinder müssen schweigen.

»Nein, nicht heute, das nächste Mal!«

Sie zerbricht mit einem leisen, hohen »Warum?«. Betteln muss sie.

Der Küchenstuhl fällt und über das Poltern hört man seine Stimme plärren: »Musst du mir alles versauen? Lass mich doch in Ruhe. Das ist meins! Musst du mir alles madig machen. Soll ich hierbleiben? Bist du dann zufrieden? Was willst du? Ich rauche nicht, ich sauf nicht, und die Musik willst du mir verbieten? Aber nicht mit mir!! Das ist meins! Ich gehe, und zwar allein. Du bleibst hier!«

So ist es immer. Er geht vorbereitet in den Kampf. Sie stolpert rein.

»Ich will doch nur mit ...«

Ein Windstoß bewegt die Gardinen und hinter der zugeschlagenen Tür donnert ein letztes »Nein«.

Lore und Resi schauen durchs Fenster und betrachten das Bild, das sich ihnen bietet. Das Bild einer Frau, die sich laut schluchzend an den Haaren reißt.

Wo man hinsieht, hilflose Frauen mit hilflosen Gesten.

»So siehst du aber fesch aus.«

Sepp steht auf einem Stuhl neben seiner Mutter und wird frisiert. »Ein fescher Bursche bist du!«

Zärtlich fährt sie durch sein helles Haar, zieht mit dem Kamm den Scheitel nach und gibt ihm einen Kuss. »Fescher Bursche! Geh und zieh die Schuhe an, während Mama sich fertig macht.«

Sepp springt vom Stuhl und läuft auf seinen Socken schlitternd zum Schuhschrank. Dort schlüpft er in seine Schuhe und rennt zurück. »Fertig!«, jubelt er, und indem er seinen rechten Fuß vorschiebt, kommt auch noch der Befehl »Zumachen!«.

Die Tante, im Unterrock, beugt das Knie und knotet die Schnürsenkel. Sepp stützt sich mit seinen kleinen Händen an ihrem Kopf ab und bringt ihre sorgsam geflochtene und geklammerte Haartracht durcheinander.

»Du bist mir einer!«, und Sepp, schon mit wuseligem Schritt zur Wohnungstür unterwegs, wiederholt nur: »Fertig, fertig!«

Er öffnet die Tür und im Treppenhaus ertönt sein Krähen: »Gehen!«

Wären nicht Schritte zu hören, wer weiß, wie lange die Tante noch halbnackt im Türrahmen stünde. Kichernd schließt sie die Tür und zieht sich rasch an.

Die Blasmusik der Werkskapelle ist schon von Weitem zu hören. Vom Festplatz her schallt es: Singen und Lachen. Je mehr sie sich dem Trubel nähern, desto heftiger springt Sepp an Tantes Hand im Takt der Musik auf und ab.

»Aufpassen, Seppi, nicht, dass du mir hinfällst. Die Hosen sind neu.«

Sepp springt weiter, natürlich wird er hinfallen und Tante wird sagen: »Was hab ich dir gesagt! Aber nein, der Herr will ja nicht hören!« Und Sepp wird sich entschuldigen, wie er das gelernt hat: »Mama, nicht böse sein. Ich bin auch wieder brav.«

Am Rand des Festplatzes steht eine Traube Kinder. Beim Anblick des Paares stecken sie die Köpfe zusammen und stimmen ein eigenes Lied ganz gegen den Takt der Blaskapelle an. Jetzt, da sie sich alle Sepp zugewandt haben, sind sie aber stumm und starren die beiden an.

Sepp stiert neugierig zurück.

Die Tante steuert einen freien Platz neben der Kapelle an und setzt sich. Christian zwinkert ihr zu, während er an seiner Trompete arbeitet, schwitzend und glücklich. Die Kellnerin bringt eine Brause und einen Gespritzten, und der drängelnde Sepp bekommt einen Schluck vom verdünnten Wein, den er mit einem lauten »Aah« quittiert.

Die Umsitzenden lachen laut auf und einer ruft: »Saufen tut er wie ein Alter ...«, worauf noch mehr gelacht wird.

Sepp hockt mitten in der lärmenden Menschenburg, schaut zufrieden umher und singt kreischend den Marsch mit.

Später sitzt Christian über seinem Bier und sieht zu Sepp: »Ein rechter Kerl. Ich habe mir immer einen Jungen gewünscht. Jetzt habe ich drei Weiber zu Hause.«

»Warum sind sie nicht mitgekommen?«, fragt die Tante und ein ins Glas schauender Christian meint nur: »Weiß nicht.«

Er weiß nicht, wie sich erklären.

Noch selbst ein Kind, hat er schon Verantwortung übernommen und die jüngeren Geschwister bewacht. Er war immer das Leittier der Herde, hat sich mehr aus Instinkt denn aus Bewusstsein verantwortlich gefühlt für den Rest. Sieben jüngere Geschwister hat er. Ob das wohl alle waren? Ist mal ein Kind unter Christians Obhut gestorben? Es ist möglich. Wenn es kein Unfall war, war es irgendein Fieber, aber egal, er wird gedacht haben, dass es seine Schuld ist. Den Hirtenstab hat er nie aus der Hand gelegt.

Christians Blick auf die Familie ist immer ein sorgender. Im trauten Kreis seiner Lieben kennt er kein Entspannen, sondern nur diese gereizte Haltung eines Menschen, der sich vor den Fehltritten und Stürzen anderer fürchtet. Schäferhunde werden nicht alt.

Sein Vater und, auf ihre leidende Art und Weise noch viel schlimmer seine Mutter, hatten ihn stets für die Fehltritte der Geschwister verantwortlich gemacht. Auch das war normal damals. Er ist nicht frei.

Später, längst Vater seiner eigenen Kinder geworden, Mann einer eigenen Frau, hat sich das natürlich nicht geändert. Ein Stolpern seiner Kinder, ein Versprecher seiner Frau bringt ihn außer Rand und Band. Er identifiziert sich mit all ihren Fehlern, er leidet unter jedem einzelnen. Deswegen kann er nur entspannen ohne Frau und Kinder, kann nur Musik machen ohne diese Zuhörerschaft. Aus dieser Haut kommt er nicht heraus.

Als seine jüngste Tochter gegen seinen Willen die Nacht

woanders verbringen wird, stirbt er an seinem letzten Herzinfarkt. Er wird an sich selber sterben.

Doch das alles weiß Christian noch nicht. Er sitzt am Tisch der Tante, schaut auf Sepp und sieht doch nur sein Unvermögen, einen männlichen Nachfolger zu zeugen. Sepp ist alles, was er nicht kann. Vielleicht ist er deswegen einer der wenigen, die Sepp nicht als Trottel behandeln?

Blut

»Magst probieren?«

Stolz hebt das kleine Mädchen sein aufgeschlagenes Knie. Das Blut läuft in kleinen, schmalen Bahnen das Schienbein hinunter. Die anderen Kinder starren auf Sepp. Sie kennen die Geschichte von ihren Müttern.

»Der kleine Trottel trinkt Blut«, heißt es, wenn vom ihm die Rede ist. Ob das wirklich stimmt?

Der kleine Bub steht unter einer Gruppe von Kindern, die nur eine Frage interessiert: »Wird der Trottel trinken?«

Der Wahrheit die Ehre: Er leckt.

Sepp, im Umgang mit Kindern ungeübt, leckt das Blut von der Haut und von irgendjemandem kommen passende Worte: »Er ist Jude! Die trinken das Blut junger Mädchen.«

Sepp wird erst einige Zeit später erfahren, dass »Jude sein« ein Makel ist. Im Moment denkt er sich »Jude sein« als ein Kompliment. Er, der Jud', er trinkt Blut. Wie kein anderer!

Einzigartig! – Das immerhin stimmt.

Die Kinder laufen auseinander und die Spenderin sagt zu Sepp: »Hör auf!«

Sie sitzen noch einige Zeit zusammen, unterhalten sich über die Fixsterne in ihrem Kinderkosmos und gehen, als wäre nichts passiert, später wieder auseinander.

Doch es ist etwas passiert!

Nicht nur aus den Fenstern Hönigsbergs wird die Nachricht gegossen, die alles verdirbt. Hinter verschränkten Unterarmen, oben aus der Fassade und unten auf dem Trottoir ist sie zu hören. Im Freien und drinnen in ihren kleinen und kalten Wohnungen wird erzählt: »Er ist gefährlich, jetzt überfällt er schon Kinder!«

Die Tante erfährt es spät und hinter vorgehaltener Hand. Seither läuft sie durchs Dorf und begegnet einem Berg an Boshaftigkeit und Niedertracht. Sie will sich nichts anmerken lassen. Alleine, ohne Sepp, geht sie jetzt. Sie will ihn dieser Gemeinheit nicht aussetzen! Die kecken Mitbürger sprechen sie an und fragen direkt: »Wo ist er denn, der kleine Kerl?«, und die Tante hört: »Depp!«

Sie gibt sich keine Blöße.

»Spielen, schlafen«, antwortet sie dann, schaut in das Gesicht des Fragers und achtet auf ein Zucken, auf dass es ihr die Gesinnung verrät. Aufrecht leidend verrichtet sie ihre Besorgungen, während Sepp, eingesperrt in ihrer Wohnung, weint.

Kann man sich an Verzweiflung gewöhnen? Die Tante richtet sich auch darin ein und macht es ihnen besonders schön.

Nichts soll er merken!

»Bua, magst noch a Schaumrolln?« Wer kann da schon »Nein« sagen?

Sie erzählt ihm das Leben in Rosarot, als wäre es einer jener Groschenromane, die sie sich regelmäßig leistet. An der Kasse beim Händler klemmen die Heftchen mit den immer selben Frauenbildern auf dem Umschlag. Sieht sie nicht selbst irgendwie so aus? Die Frisuren sind jedenfalls identisch, und Tante würde aus allen Wolken fallen, wenn man ihr erzählte, dass diese Ähnlichkeit Absicht ist!

Sie hält es für Zufall.

Die Sorgen der Romanheldin sind ihr vertraut und nicht nur ein Mal denkt sie: »Woher kennen die mi nur? Des könnt ja i sein!« Am Ende der Geschichte sind alle glücklich. Wer kann da schon »Nein« sagen? Wer?

Zwischenbilanz

Die einen sagen Jude, die anderen Blutsäufer, die Besoffenen Menschenfresser, fast jeder nennt ihn: Trottel.

Ausgesetzter Hurensohn, meint das vulgäre Volk.

Bankert

Wolfskind

Kinderschänder

Mädchenschänder

Vampir – das sagt, wer schon mal ein Buch in Händen hielt.

Schiacher Hund

Chineser

Rotzkerl

Milchgesicht

... das wären die phantasievolleren Gemeinheiten. Und Fehlgeburt, Teufel und Idiot nimmt, wer's eilig hat oder selber deppert is'.

Sepp heißt's fast nur noch, wenn die Tante zugegen ist.

So einer ist Fluchtpunkt aller Niedertracht. An irgendwem muss sich ja der Zorn entladen. Und Zorn ist immer. Solange kein Fremder aus Versehen vorüberkommt, muss Sepp, keine fünf Jahre alt, seinen empfindlichen Kopf hinhalten.

Geh, Sepp. Jetzt spiel halt mit ...

Im Bett liegt nackt das fiebrige Kind. Die Decke hat er weggestrampelt. »Na, des is' heiß! Bitte, Mama.«

Tante setzt sich neben ihn und ist unsichtbar. Seine Augen tränen und seine Lunge pfeift. Ratlos hält sie mit ihm die Luft an. »Wenn doch nur ein Wunder geschehe!«

Der Doktor zuckt die Schultern. »Ist halt so.«

Manchmal sagt er aber auch »Fiebriges Asthma«. Er legt seinen Handrücken auf die Patientenstirn und horcht den Brustkorb ab, klopft ans rasselnde Gehäuse und hat keine Ahnung.

»Wie lange hat das beim letzten Mal gedauert?«, fragt er die Tante, nur damit er ihr beim nächsten Mal eine Antwort geben kann.

»Zwei bis drei Tage«, erklärt sie ihm.

»Ich denke mal«, behauptet er seither schamlos, »in spätestens zwei Tagen ist der Anfall vorbei«.

Die ersten Jahre hatte sie noch den Studierten gerufen und die ersten Male hatte er ihre Not gelindert.

Dem Kind half er nicht.

Dann ließ auch die beruhigende Wirkung auf Tante nach. Mittlerweile spart sie sich das Geld.

Die Sorge aber sprengt ihr das Herz. Leise jammernd schaukelt sie auf dem Küchenstuhl, vor und zurück, bis der Bub verzweifelt aufschreit: »Sei ruhig, Mama!«

Anfassen darf sie ihn auch nicht, weil die Haut schmerzt. Reden soll sie nicht, denn dann muss er weinen. »Ohrweh« erklärt er, aber sie ahnt, dass er ihre Verzweiflung nicht erträgt.

Zwei bis drei Tage später ist alles vorbei. Ein bisschen matt ist er vielleicht, aber das geht vorüber. Er flüchtet in den Alltag, will nicht mehr an die Krankheit denken. Die Tante hingegen ist noch tagelang verkatert. »Wenn doch nur ein Wunder geschehe!«

Sie denkt nach, sucht Lösungen, schlägt das Buch auf, liest und erinnert sich, kniet nieder und spricht das »Gesegnet seiest du, Mutter voller Gnaden«. Steht auf, ist sich selber gram, weil sie doch nie zur Kirche geht. »Warum soll die mir helfen?«, fragt sie sich und hält seine Krankheit für die Bestrafung ihrer Sünden. »Magst nicht ein Einsehen haben und ihn verschonen und mich stattdessen …«, so ungefähr verhandelt sie mit dem Schicksal dort oben und ruft bald die wahnsinnigsten Gebote auf: »Krebs und jahrelanges Siechtum gegen einen gesunden Sepp!« Sie fragt sich ernst, ob der da oben »jahrelang« für ein faires Angebot oder für Zeitschinden hält.

»Hörst du?«, ruft sie auf Knien zur Zimmerdecke, später beim Gurkenschälen, dann nur noch kurz vorm Schlafengehen und irgendwann gar nicht mehr.

Der hört eh nicht zu.

Die Krankheit kommt wieder und nun hilft nur noch ein Gebet:

Zwei bis drei Tage! Kein »Amen«.

Kindereien

»Hört auf mit Raufen!« – Christians Stimme. Ihre ärgerliche Intention steht im lächerlichen Widerspruch zum hohen Ton, den sie produziert.

Diese Stimme wird von seiner Tochter Resi sehr wohl gehört. Sie, die Ältere, hat Angst vorm Vater, Angst vor seinem Jähzorn. »Aber die Lore …«, will sie sagen und weiß doch, dass sie nicht weit kommen wird!

Resi ist still.

Eleonore, die Jüngere, hat es leichter. Ihre zierliche Statur und ihre unbedachte Art, »Dinge« auszusprechen, werden vom Vater bewundert. Christian liebt die Jüngere, die unverschlagen ist. Unverschlagen!

Resi ist verschlagen. Christian weiß das nur zu gut. Kaum entdeckt er einen Fehler an seiner älteren Tochter, muss er zuhauen. Während Resis Bemühungen, alles richtig zu machen, verkam ihr aufrechter Gang.

»Aufhören hab ich gesagt!«

Lore schlägt trotzdem nach Resi – und Resi hält still. Lore weiß, dass ihre Schwester sich nicht wehren darf.

Mit Blick zum Vater sitzt Resi, spürt, wie sich der Druck von Lores Hand auf ihrer Wange stechend verflüchtigt und stattdessen ein sehr vertrautes Gefühl in ihr aufsteigt. Sie hat seinen Jähzorn in großen Löffeln fressen müssen. Still sitzt sie neben ihrer Schwester und will doch ganz anders!

Sie steht auf, nimmt Sepps Hand und sagt: »Lass uns spazieren gehen.« Mit nassen Augen und bebender Unterlippe steht sie vor ihm und wiederholt: »Auf! Spazieren gehen!«

»Wohin geht ihr?«, will Tante wissen und wird sogleich von Christian beruhigt: »Frische Luft schadet nicht.«

Resi treibt Sepp mit eckigen Bewegungen aus der Wohnung. Lore, immer noch wütend auf die Schwester und schon begierig mitzugehen, bleibt sitzen.

Draußen stürmt Resi mit ihren langen Beinen zwischen Bäumen hindurch, zieht den kleineren Sepp hinter sich her.

»Gehauen hat sie mich, ins Gesicht hat sie mich gehauen!«

Tränen laufen und Sepp, im Schlepptau hinter diesem Ausbund der Verzweiflung, rennt mit und ist still.

»Ich hau aber zurück, warte nur, ich hau zurück, ich hau euch alle. Mich haut jeder, dann hau ich zurück.«

Und plötzlich fällt ihr auch der Ballast an ihrer Hand auf! »Hör auf zu ziehen, du Trottel! Warum musst du immer ziehen, kannst nicht alleine gehen?«

Was antwortet man da?

Er macht große Augen, während sie ihn anschreit. Wasser rinnt über ihr rotes Gesicht. Soll er sie trösten? Bei Tante hilft das. »Nicht weinen.«

»Lass mich einfach los! Kannst nicht selber gehen?« Sie stürmt alleine vorwärts und bleibt ein paar Meter später stehen und dreht sich um. Er steht immer noch da.

Sepp fleht: »Bitte bleib bei mir ...« Hilflos.

Sie kehrt zurück und haut ihm eine rein. Ins Gesicht, wo die Watschen hingehören, niemandem hat das je geschadet, das weiß keine besser als Resi. Trifft schon die Richtige, das hat sie sich gemerkt! Den Richtigen, jawohl, denkt sie gerade. Ihr lautes Stöhnen unterbricht sein erschrockenes Schweigen. Bleibt es bei der Ohrfeige oder wird das ein Kampf?

»Kannst nicht alleine laufen?«

Schon wieder keine Antwort, Sepp? Hast du etwa schon wieder nichts zu sagen?

Resi schmeißt sich auf ihn, ringt ihn nieder, liegt auf ihm und beißt ihn, in seine Hand, die er verzweifelt gegen sie stemmt, in die Wange, weil er die Hand erschrocken weggezogen hat. »Ich hau zurück, mich haust du nicht!«

Lore ist den beiden heimlich gefolgt und sieht zuerst einen Riesenspaß. Dann schaut sie genauer hin und rennt los.

Die Tante schüttelt ungläubig den Kopf. »Gestolpert, ja?«, sagt sie und muss das glauben, weil sie sich etwas anderes gar nicht vorstellen kann! »Und geweint hast du auch nicht? Wie ein richtiger Kerl!«, lobt sie ihn, dem die Tränenbahnen quer zu den Kratzern das Gesicht unterteilen. Aber man soll mit der Erziehung zum Mann früh beginnen, hat sie gehört.

»Nein! Hab nicht geweint.«

Noch fehlt ihm die Erinnerung an den Kampf. Mit dem ersten Schlag schaltete etwas in seinem Kopf ab. Das Ganze war ihm so unbekannt. Noch hat er keine Beschreibung für das Geschehene, nur verwischte Fetzen aus Lärm und Heulen und das Brennen auf der Haut. Er weiß, was passiert ist, kann denken, dass Resi ihn geschlagen hat, kann es aber nicht sagen. Er weiß es und ist sich doch nicht sicher. Schläge und Brutalität waren ihm bis eben noch fremd.

Tante wischt vorsichtig über sein Gesicht und dieser Schmerz fährt in ihn wie ein taufrischer Morgen. »Die Resi war's!«, sagt er erschrocken, als wär es ihm gerade eingefallen. Wie hätte auch Sepp ein Geheimnis behalten können? Er weiß nicht mal, was ein Geheimnis ist.

In Tante steigt eine heftige Wut auf. So ein Miststück!, denkt sie, schaut auf den Waschlappen in ihrer Hand. Temperament hat die Tante. Allzu gerne würde sie jetzt zu Christian eilen und die Furie geben! Den Buben an der Hand, würde sie in die Stube stürmen und »Schaut euch nur sein Gesicht an!« schreien und und und. Man würde ihr recht geben, würde die Tochter strafen, Tante einen Schnaps auf den Schrecken einschenken und aus schierer Verlegenheit den Kontakt für immer abbrechen. Man muss sich ja schämen.

Sie wischt ihm die Schlieren vom Gesicht und entschuldigt sich für jeden Wisch. Sepp spielt den Unempfindlichen. Vorsichtig zieht sie ihm ein frisches Gwand an. Beim Nachtisch kriegt er Nachschlag.

Resi knöpft sie sich später vor. »Du«, sagt Tante, und dann fallen ihr all die Worte ein, die sie doch nie ausspricht.

Resi senkt den Kopf, sie weiß um ihre Schuld und akzeptiert die Strafe.

»Lass die Finga von meim Buam!«

Einen Bogen macht sie seither um Sepp, der Resis Temperament und Wildheit doch so dringend gebraucht hätte!

Rituale

»Aufstehn, Seppi!«

Er öffnet die Augen. Die Kälte der Nacht ist noch im Zimmer und Sepp springt nackt und frierend aus den Kissen.

»Auf, auf, kalt ist es, beeilen musst du dich!«

Tante steht an der Küchenspüle. Schon im Rock, aber mit bloßem Oberkörper, wäscht sie sich dort. Ihr Büstenhalter liegt auf der Herdplatte des Kohleofens. Das »Leibchen« hat sie über die Schultern abgestreift, es hängt wie ein loser Kummerbund auf ihren Hüften. Waschlappen und Seife reichen für eine Vollwäsche, die in Etappen vom Gesicht zu den Füßen ausgeführt wird. Dass man dabei nur teilweise nackt ist, gehört zur Erziehung!

Einmal schlich Sepp zur halbentblößten Tante und betrachtete ihre Brüste. Als sie den staunenden Buben bemerkte, hatte er sie schon einige Zeit mit forschendem Blick untersucht, und ihr Schreck war echt. Laut schreiend vertrieb sie das Kind, das, vom Ärger der Tante ebenfalls verschreckt, aus dem Zimmer rannte.

Seither ist einige Zeit vergangen und natürlich hat sie nie wieder ein Wort darüber verloren. Sepp aber hört sein Herz schlagen, wenn Tante im Dunklen vor der Spüle steht und das Wasser durch den Abfluss gurgelt.

Die Sonne ist immer noch nicht aufgegangen, als sie ihr Ziel erreichen. Der Bauernhof liegt vor ihnen im Dunkeln versteckt, nur die Tür des Stalles ist vom Feuer, das in einem Eimer brennt, erhellt. Bauer und Schlachter ziehen eine große Sau auf den Hof und ketten sie an den Pflock im Boden.

»Pünktlich seid's, so ist es recht! Servus, Kleiner. Nur noch ein bisserl, dann ist es so weit.«

Sepp lehnt sich gegen Tante, drückt mit seinem kalten Kopf gegen ihren warmen Schoß.

»Schau nicht hin, Seppi. Ist nicht schön.«

Während der Bauer an den Hinterbeinen des Schweins Fesseln anlegt und der Schlachter die Stabilität des Flaschenzugs kontrolliert, indem er wie ein Affe an der Liane zwischen den Balken hin und her schwingt, schreien die Schweine im Stall und das Tier auf dem Hof um ihr Leben.

Der Hund des Bauern läuft aufgeregt ums Schlachtvieh herum und attackiert es erregt mit Bissen. Jemand schreit, man möge den Köter anleinen, und die Tante mit Sepp am Rockzipfel greift den Hund, der wild pfeifend versucht, sich von ihr loszureißen.

Der Fleischhauer hängt das gefesselte Tier an den Haken des Zuges, und im Verein mit dem Bauern ziehen sie rhythmisch zu ihren Hauruck-Rufen die Sau, Stück um Stück, in die Höhe. »Helfen, helfen«, stöhnt einer, und die Bäuerin stürmt aus der Dunkelheit zu den Männern, schmeißt sich hektisch an das Seil, und das kreischende Schwein wird kopfunter festgezurrt.

Der Bauer versucht, das pendelnde Tier in eine ruhige Position zu bringen, die Bäuerin holt den großen Eimer und der Schlachter kontrolliert mit seinem Daumen die Schärfe seines Messers. Mit einem leisen »Gleich« in Sepps Richtung geht er zur Sau, sticht ihr in den Hals. Das Quieken verstummt und man hört nur noch das Plattern warmen Blutes in den Eimer. Die Bäuerin hält ein Glas unter den Strahl. Die Tante entlässt den Hund, der irritiert über die plötzliche Stille und den Duft des frischen Blutes neben ihr stehen bleibt. Er sieht aus, als hätte er sich selbst vergessen.

Sepp nimmt das gefüllte Glas, hält das warme Gefäß in beiden Händen und trinkt. Der Hund geht, noch immer in Trance, zu ihm und streckt vorsichtig seine Nase an das Glas, während die Erwachsenen eifrig Eimer wechseln und die Leiche bearbeiten.

Nur der Schlachter schaut zu Sepp und sagt: »So ist es richtig, immer schön trinken, das macht Muskeln«, und zur Tante gewandt: »Der gefällt mir, der Kleine!«, und nimmt selber einen kräftigen Schluck. »Des ist guat. Was?«, fragt er Sepp, dem nur ein »Sehr!« dazu einfällt.

Tante steht tapfer daneben, erträgt die stieren Blicke der Bauersleut, die trotz aller Eile immer wieder zu dem bleichen Burschen mit dem blutverschmierten Mund starren. Ein sauberes Gewand hat er an und anpacken tut er auch nicht. Fremder kann man ihnen gar nicht sein!

Im Tal gibt es keine Dämmerung, das Licht geht und kommt auf einen Schlag. Selbst wenn der Himmel blau leuchtet, ist es zwischen den Hängen stockdunkel. Erst wenn die Sonne es über den Kamm geschafft hat, platzt Helligkeit in die Furche.

Was gerade von tiefem Schwarz umfangen war, springt auf wie ein erschrockenes Reh.

Tantes Schritte hallen durch die Gassen, Sepp trippelt leise hinterher. Sie haben es eilig, denn gleich geht hier das Licht an. Niemand soll das sehen. Niemand soll fragen dürfen! »Was seid ihr so früh schon auf? Was ist das da in deinem Gesicht? Ist was passiert?«

Sie hasten nach Hause, solange es dunkel ist. Gleich ist Schichtwechsel im Werk und dann ist mehr Lärm. Und Licht. Licht ist nicht gut.

Eifrig folgt ihr das Kind.

So sind sie

Die Klasse sitzt ruhig an den Aufgaben, während die Lehrerin mit einem neuen Schüler spricht.

»Du setzt dich neben Sepp und malst ein Bild.«

Für einen Schüler, der gerade seinen ersten Tag in der Schule erlebt, ist das nichts Ungewöhnliches, dieses »Hinsetzen und Bildmalen«. Sein Nachbar aber, der Junge mit dem weißen, verschwitzten Gesicht, der nun schon seit einem Jahr mit immer gleichem Ernst die immer gleichen Linien, Schraffuren, Punkte und Spiralen in den Schiefer seiner kleinen Tafel kratzt, dieser Junge malt nur Bilder. Während die Kinder irgendwann des Lesens und Schreibens mächtig sind, kommt Sepp mit den immer gleichen Phrasen nach Hause.

»Wie war es in der Schule?«

»Schön!«

»Was hast du gemacht?«

Und an dieser Stelle zuckt die Tante mit den Schultern und ihr Lächeln zieht sich in Erwartung der immer gleichen Antwort zu einer nervösen Linie zusammen.

»Bilder hab ich gemalt!«

Wie ein von Sepp gemaltes Bild steht die Tante im Zimmer, ungelenk und unvollständig, eine Hand zur stilisierten Sonne gehoben, als wolle sie sagen, was eine Steirerin in Situationen unausweichlicher Ungerechtigkeit so von sich gibt: »Was hab ich nur getan, dass du mich derart strafst?«

Der da oben käme in Verlegenheit, wenn es ihn gäbe.

»So sind halt die Menschen!«, wäre eine der gängigen Floskeln und sie hat sich auch bewährt. Tante würde, von der Allgemeingültigkeit solcher Worte und ihrer biblischen Undeutlichkeit beseelt, ahnungsvoll nicken und die Worte wiederholen.

So sind sie.

Die Lehrerin ist ein Mensch.

Von diesem Kind, das mit der alten Jungfer zusammenlebt, hatte sie bestimmt schon gehört, noch bevor es schulpflichtig wurde.

Sie ist unverheiratet, eben ein Fräulein Lehrer. Fremder kann sie in dieser Welt kaum sein … Sie hat mehrere Blusen und Röcke, Ausgehgwand nennen es die Bauern, weil das Zeug zum Arbeiten nicht taugt! Die Bauersleut haben auch so ein Ausgehgwand und es reicht von der Hochzeit über Markttage und Kirchenbesuche bis zur Grube. Der Tod stinkt nach Mottenkugeln. Das letzte Gewand hat eben doch Taschen und die sind mehrfach geflickt.

Nicht so die Lehrerin. Alles hat sie mehrfach und tipptopp! Wer würde freiwillig so eine aufwändige Frau heiraten? Die hält sich doch für was Besseres, da ist man sich immer schon sicher.

Eine Lehrerin, die ihre Hände nur mit Kreidestaub beschmutzt, ist in einer Gesellschaft, die von harter, körperverletzender Arbeit geprägt und in der Neid ein sozialer Kitt ist, nicht beliebt. Man kuscht vor ihrer Macht, denn sie könnte das Kind das Schuljahr wiederholen lassen und von der Feldarbeit oder Werkbank abhalten, und verachtet sie aus demselben Grund!

Allein unter Eltern und Paaren ist sie gut beraten, Sepp auszugrenzen, wenn sie nicht selbst über Gebühr auffallen will!

Ihr Vorgänger war ein Mann und »des woa bessa«!

Er blieb im Krieg, dort liegen Dorfschullehrer zu Tausenden und verteidigen die vaterländische Ehre, indem sie die Felder düngen. Lehrerinnen sind Ausdruck eines Männermangels zwischen und nach Kriegen. Es gibt zu wenig Männer und somit bleiben nur diese Trümmerfrauen der Bildung. Sie sind eine Notlösung. »So tief sind wir gesunken.«

Wäre sie verheiratet, hätte sie eigene Kinder! Dann dürfte/sollte/könnte sie nicht arbeiten. Als anständige Frau!

Alleinstehend ist aber auch nicht gut, denn »sie treibt's mit einem jeden!« heißt es, solange sie jung ist und »hat nia oanen abgekriegt«, wenn sie alt ist. Sie ist Litfaßsäule für jede Gemeinheit und kann sich nicht wehren, »weil man so was nicht anspricht«!

Die Tante und die Lehrerin verbindet nicht nur Sepp.

Man stelle sich nur vor, gerade die alleinstehende Lehrerin würde einen schlecht beleumundeten Jungen fördern. Den Jungen einer unverheirateten Frau, den Sohn einer Adoptivmutter. Den schorfigen Deppen! Das Gefüge der dörflichen Welt käme mächtig ins Wanken, wenn Außenseiter Seilschaften bildeten.

So weit kommt's aber nicht.

Sepp ist die unterste Strebe einer sozialen Leiter, die nie nach ganz oben reicht, aber immer bis ganz unten.

Die Lehrerin kann kein Kind nach Hause schicken, das im Rechnen eine schlechtere Note hat als Sepp! Ein Kind, das auf die Frage »Und Sepp?« mit »Besser!« antworten müsste.

Diese Schmach wäre unvorstellbar. Man würde auf Erklärungen pochen.

»Und Sepp?«

»Der darf nicht lernen!«

»Was macht er dann in der Schule?«

»Sitzen tut er und Bilder malt er.«

Alles ist am rechten Ort. Die Lehrerin vorne, die Kinder schön abgestuft dahinter. Sepp hinter dahinter!

Die Neuen sitzen neben ihm und schauen zu ihm, der farblos und schweißnass die Vertiefungen seines immer gleichen Bildes nachmalt. Wie ein Grafiker, der die Rillen einer Druckplatte mit Farbe füllt. Dort neben ihm bleiben die Neuen sitzen, bis geklärt ist, an welche Stelle genau sie vorrücken und von Sepp abrücken dürfen.

Sepp aber, Sepp lernt heimlich.

Heimlich zur Lehrerin und der Tafel blickend, aus dem Augenwinkel, hat er das Alphabet gelernt. Mit einem Zweig in den Boden kritzelnd, wie ein bildungshungriger Hirtenjunge in seiner Musestunde, lernt er schreiben!

Sepp schreibt. Wer soll so was denn glauben?

Nun, meine Oma hatte sich mit 40 Jahren noch das Lesen beigebracht und ich platze immer noch vor Stolz über sie.

Ich glaube so was.

Erfundene Aufzeichnung

Mama, Tante, Bett, schlafen, trinken, essen, Sepp. Schule, schreiben, malen, Lererin, brafsein, Dokdor. Die Kinder sitzen braf in der Schule und lernen. Die Lererin schreibt einen Satz an die Tafel. Die Schüler malen.

Tante schimpft, weil ich sofil schlafe.

Die Nacht ist kalt.

Die Musik ist laut.

Wir sind froh und lachen.

Niemand weiß, was er hingeschrieben hat.

Aber da sind beispielhafte Briefe von Verwandten, Großvaters Brief aus der Kur:

Resi sol nicht raufen den jetzt seit ihr schon so gros man mus sich ja schämen vor die Leute.

Ungefähr so wird es gewesen sein, auch bei Sepp oder wie man in Hönigsberg sagt:

»'s war immer so, s'ist nie anders gwesn.«

Gefahr gebannt

»Was willst du?«

»Mitschreiben, Fräulein Lehrer.«

Da liegt der Fehdehandschuh. Die Klasse hält den Atem an. Die Lehrerin geht zu ihm und betrachtet seine Tafel. In den Schiefer gekratzt steht deutlich, wenn auch mit unsicheren Buchstaben geschrieben,

Die Sule hat begonnen.

»Wer hat das geschrieben?«

»Ich.«

»Wer hat dir geholfen?«

»Niemand.«

»Du willst das gemacht haben?«

»Ja.«

Das Leben gründet auf Gewissheiten! Überraschungen gibt es ausschließlich in der negativen Variante, denn nur so sind Überraschungen eben auch wieder Gewissheiten. »War doch klar, dass das schiefgeht …«

»Ja«, hat Sepp gesagt.

Hier geht was schief, denkt die Lehrerin!

Was für eine Überraschung.

Während der kurzen Befragung rutscht ihre Stimme gefährlich Richtung Sopran. Ihr Körper hat längst reagiert, die

Fingerknöchel klopfen auf das Schreibpult, doch das kriegt sie nicht mit und fragt ihn weiter!

»Du bleibst dabei?«, scheppert sie schrill.

Sepp kriegt es mit der Angst und fast unhörbar und unerhört entwischt ihm ein weiteres »Ja«.

»Dann wollen wir mal sehen.«

Was wir sehen werden?

Der Junge lernt Schreiben und Lesen ohne die Unterstützung seiner Lehrerin. Nein, nicht irgendein Junge, »er« ist es! Dieses Wunder vollbrachte er ohne ihr Zutun. Es geht auch ohne sie, wird man jetzt denken, und sie hat es nicht einmal gemerkt. Auch das wird man denken.

Sepp nimmt die Kreide, die sie ihm wie einen Dolch hinhält, dann geht er zur Tafel an der Wand und gleich wird er schreiben!

»Halt!«

Die Kinder werden zuhause Aufregendes erzählen. «Mama«, werden sie sagen, »Mama, weißt du, was heute passiert ist?« Und Mama wird es hören und weitererzählen, dass …

Ob die Stimmen vom Fensterbrett mit ihr Gnade haben? »Die Arme! So viele Kinder, da übersieht man leicht eins.«

Ob das überhaupt schon mal passiert ist?

»Hinsetzen.«

»Bitte?«

»Du setzt dich augenblicklich hin.«

Die angestaute Säure eines Jungfernlebens tut ein Übriges.

»Betrug, Unverschämtheit, Niedertracht. Das war das letzte Mal, Bürschchen, sonst lernst du mich noch kennen!«

Originell sind diese Worte nicht, aber sie haben ihre Wirkung. Das Publikum findet Gefallen daran. Feixend kichernd sehen die Schulkinder zu, wie einer der ihren fertiggemacht wird. Es entsteht Unruhe, doch hat das Fräulein Lehrerin diesmal nichts dagegen.

Sepp erleidet diese allgemeine Gemeinheit wie einen Maschinenunfall, wenn die ausgelösten Kräfte jedes menschliche Maß übersteigen und ins Fleisch und durch Knochen fahren. Das überlebt man mit unsagbar viel Glück und im Stillen.

Zuhause schweigt er.

Tante merkt natürlich, dass etwas nicht in Ordnung ist. Doch wenn sie ihn fragt, wird sie mit seiner Antwort leben müssen.

Sie schweigt und er schweigt auch.

Nun, denkt Tante, wenn er nichts sagt, wird es so schlimm nicht gewesen sein! Und überhaupt! Langsam kommt er in ein Alter, in dem er seine Probleme auch selber lösen muss. Sonst wird das Kind unselbständig und das will Tante nicht!

Sepp fühlt sich verraten.

Er weiß nur nicht, von wem.

Tage später folgt die Lehrerin ihrem Herzen und lässt den armen Buben ein A üben, groß und klein! Vielleicht hilft es was. »Na, schau an!« Und dann das B. »B«, sagt sie stumpf und er wiederholt es. Sie achtet genau auf die Ausführung. Ob der noch ein Mal vorlaut ist?

Der ist aber derart eingeschüchtert, dass er nicht mal aufsieht. Mit gebeugtem Haupt lernt der brave Schüler.

»Genau, Sepp. Das hast du gut gemacht.« Zufrieden setzt die Lehrerin nach: »Wenn du jetzt die Buchstaben zusammenschreibst …«

Sepp lernt, was er schon kann, und spielt den folgsamen Schüler.

»Danke, Fräulein Lehrer«, sagt er und sie will ihm diesmal glauben.

Braaavo

Die Tante wird älter, das Fräulein Lehrer ebenso. Sepp natürlich auch, nur darf das nicht auffallen. Die Dorfschule kennt keine Klassen, ABC-Schützen sitzen neben Viertklässlern, die Großen helfen den Kleinen. Der Sepp hilft lieber nicht. Die Starken setzen sich durch. Nur der Sepp eben nicht. Brav sind aber alle. Auch der Sepp! Seit neulich ist er sogar besonders brav.

Das ist wichtig. Brav sein! Kinder müssen brav sein! Schon die erste Frage der Verwandtschaft an die Kinder beim Sonntagsbesuch lautet: »Seid ihr auch braaav gewesen?«

Schön brav ist natürlich noch besser! Der Kasperl am Anfang der Vorstellung wendet sich ans Publikum und fragt mit verstellter Stimme: »Seid ihr auch alle schön braav gewesen?«

»Jaaa«, schreit die Kindermeute zurück – im Chor lügt es sich leichter.

»Seid ihr schön braav?«

Selbst mit Leichenteilen unterm Arm lautet die Antwort: »Jaaa!«

Man stelle sich nur vor, die Tochter hätte die Rätsel der Welt gelöst, ein Mittel gegen Krebs gefunden und wäre dabei nicht schön brav gewesen. Was für eine Schande brächte sie über die Familie!

Eigentlich geht brav sein erschreckend einfach. Man darf sich halt nicht erwischen lassen!

Die braven Kinder sind immer die raffinierten Kinder. »Brav sein« ist eine Rolle fürs Publikum. »Ein braver Bub, so lieb« – das Lob gilt der Maske, nicht der Person, es gilt der Aufführung, gerade am Sonntag, wenn die elende Verwandtschaft vorbeikommt. Dann müssen selbst die Eltern mitspielen.

»Mama ganz brav und der Papa auch.«

»Wollt's noch einen Kaffeeee?«, fragt man brav. Es soll an nix fehlen. »Oder Kuuuchen?« Silben dehnen sich wie peinliche Augenblicke, sie wollen einfach nicht aufhören. Brav sein strengt an. Nur nichts falsch machen, solange alles herschaut und hinhört. Bloß nicht erwischen lassen.

»Auuufpaassen!«

Wer langsam spricht, verspricht sich nicht.

Aaachtuuung!

»Reiß dich zusammen!«, werden selbst die Kleinsten kurz vorher ermahnt, damit niemand aus der Rolle fällt, und wenn der Besuch da ist: »Maagst rauuusgeeehn? Spiiielen?« Wenn die Kinder endlich draußen sind, atmen alle durch. Sie rennen raus, ganz fix, können es nicht erwarten. »Die Lauser ...«

Bei Regen hingegen herrscht Panik! Die Kinder starren auf Fensterscheiben und zählen Tropfen, hoffen dabei, nichts falsch zu machen, doch irgendwer verliert immer die Nerven ... »Jetzt starrt nicht die ganze Zeit aus dem Fenster!«

Oder man hat Glück und ist bei bäuerlichen Verwandten zu Besuch. Im Bauernhaus geht man zwei Mal um die Ecke, bis es nach Pisse stinkt, dann der Nase nach und Tür auf. Trara – im dunklen Zimmer sitzt das Louiserl oder der René. Manchmal ist er erst 3 Jahre alt, manchmal steht eine alte Frau vor einem, doch egal welchen Alters, eins ist immer gleich: Da in der verpissten Dunkelheit sitzt ein Zurückgebliebener, ein Depp halt, der sich nicht ans schön brav sein halten kann! Sie werden für die Dauer des Besuchs weggesperrt und sind Maschinen aus Fleisch für die Landwirtschaft und die Last der Alten! Denn auf diesen Ausschuss der Familienplanung müssen die Großeltern aufpassen. Er ist nämlich nicht vorzeigbar, weil nicht immer braaaav. Er wird trotzdem gefunden.

Ob Sepp weiß, dass das seine eigentliche Bestimmung war?

Dass er ohne Tante in irgendeinem Hinterzimmer gelandet wäre?

Dass er?

Das!

Licht und Schatten

Die Kälte beißt. Auf Bäuchen liegend, die Oberkörper im warmen Zelt und die nackten Beine draußen in der frostigen Spätsommernacht, kauern die Kinder unter der Plane des Vorführzelts. Sie erinnern an einen Pioniertrupp vor der Erstürmung der feindlichen Anhöhe. Denn verboten ist, was sie da tun! Gefährlich zudem!

»Wehe, ich erwisch dich dabei!«

Wobei?

Schon Wochen zuvor wurden Plakate angeschlagen, welche die Ankunft der bewegten Bilder verkünden.

Großformatig und einfarbig schauert es in Antiqua-Lettern vom Papier

Lichthaus Heller/Bruck an der Murr zeigt

– und jetzt kommt das Wort, das die Kinderhirne seither in festem Griff gefangen nimmt, ausweglos ihre Phantasie in immer gleichen Gespinsten schwelgen lässt, die drei Silben, die jede Pause im Schulhof und auch jeden unbeobachteten Augenblick während des Unterrichts füllen –

Nosferatu!

Das Gerücht seines Kommens bricht in die Kinderwelt Hönigsbergs. Der Horror des Wartens macht alle glücklich.

Der Schrecken Transsilvaniens kommt in die Oststeiermark. Versprochen!

Zerrissene Bewegungen vom zerkratzten Zelluloid nach Hunderten von Vorstellungen in Wien, dann in den größeren Kreisstädten, stark beschädigt jetzt, endlich und Jahrzehnte später, in den Dörfern und Siedlungen zu sehen:

»Nosferatu« – Folgeschäden garantiert.

Die Vorführungen in der Provinz begleitet ein Schweif aus Gerüchten von psychischen und physischen Unfällen. Väter, die nach Besuch der Vorführung ihre Familien ausrotten, werden auf der Gerüchtebörse gleich im Dutzend gehandelt, Miss- und Fehlgeburten sind quasi garantiert. In Judenburg, nicht weit von Hönigsberg, dort hat der Pfarrer den Besuch verboten und einen Bauern, der trotzdem dieser Demonstration des Bösen beiwohnte, exkommuniziert!

Wirklich!

Derselbe Pfarrer hat dann später seine Geliebte exkommunizieren müssen, da sie sich bei der Abtreibung ihrer gesalbten Frucht erwischen ließ.

Wirklich!

Der Film ist für Kinder verboten. Auf dem Plakat stehen groß, genauso groß wie der verheißungsvolle Filmtitel, die Worte:

Nur für Erwachsene!

Wirklich!

Und unter dem Titel ist kein Bild dieses rumänischen Grafen, kein schwarzer Umhang, keine Eckzähne oder Blutstropfen, sondern, und das öffnet den Raum für wilde Spekulationen, der Kopf einer schreienden Frau; eines Opfers, wie sich viele Betrachter sicher sind. Oder doch das Porträt einer Filmbesucherin, wie Gewitztere herausbekommen haben wollen?

Es ist nicht klar, aber es verheißt nichts Gutes.

Als ein Gut-Informierter erzählt, dass Bram Stoker den Roman vom Blut- und Jungfernsauger ursprünglich in der Steiermark ansiedeln wollte, erntet er spitze Schreie des Erstaunens: »Nein, wirklich!«, schallt es ihm entgegen. »Nein, das gibt's nicht! Wirklich?«

Irgendjemand, eifersüchtig um diese Sensation, wirft ein »Ach geh« in die Runde. Jene Floskel, die im glücklichen Österreich alle Gewissheit unterspült, selbst die letzte Wahrheit zersetzen kann und den Künder in den Ruch des Aufschneiders oder Lügners setzt.

Dracula kam dann doch aus Siebenbürgen, kein Slawe, aber aus dem Osten, immerhin, und man stelle sich vor, was dieser Film an Schrecken eingebüßt hätte, wäre der Protagonist eben nicht Sohn des magyarischen Hinterlands gewesen, sondern Frucht der eigenen Heimat, ein Nachbar sozusagen, wenn auch ein missratener.

Sepp liegt mit den Kindern und wartet. Die Anspannung kribbelt im Gedärm. Der Vorführer wirkt geschäftig an den Spulen und Rädern der Projektionsmaschine. Die Zuschauer sitzen auf Bänken und schweigen. Nur ein paar Aufgeregte ordern Alkoholisches zur Beruhigung. Sie sind schon betrunken und werden das gleich folgende Meisterwerk des filmischen Expressionismus mit ihrer hochprozentigen Erregung anreichern.

Aber erschrecken werden auch sie sich und das reicht!

Ganz Hönigsberg ist im Zelt, jeder hat einen Platz bekommen.

Sogar Cäcilia durfte heute mit.

Sie sitzt zwischen Ehemann und Tante eingeklemmt und trinkt in ihrer schüchternen Haltung schluckweise einen Gespritzten.

»Das Geld reicht gerade für einen Gespritzten und ein Bier«, hat Christian gesagt, »also blamier mich nicht und trink langsam!«

Eine Hand am Glas, die andere unters Kinn gehalten, um Tropfen abzufangen, so trank sie ein Leben lang, und auf die Einladung zu einem zweiten Glas folgte, ebenso ein Leben lang, die Antwort: »Passt schon«, will sagen: »Nein.«

Darauf machte sie die Bewegung, die ihre Familie zur Verzweiflung trieb. Die rechte Hand wurde wie ein Messer an den Hals gesetzt und dann der imaginäre Schnitt getätigt, von links nach rechts, will sagen: »Bis hierhin bin ich voll!«

Aber es sah halt immer aus, als wollte sich Cäcilia die Kehle durchschneiden, und diese Pantomime erzürnte ihre Familie wie ein Furz am Mittagstisch.

Was passt besser zu einem Horrorfilm?

Gerade als die Zuschauer beginnen unruhig zu werden, erlöscht das Licht. Auf der Leinwand erscheinen die abstrakten Zeichen des Vorspanns, dann eine 3, eine 2, man hört den Anfang der Tonspur knallen, worauf eine Besucherin schreit und ein paar Mutige hämisch antworten, und durch das ansetzende Gelächter, von lautem Zischen diszipliniert, dringen Violinen, hell und schwebend wie die Bilder jener entfernten Großstadt, die das gespannte Leinen beleben.

Alles ist ruhig.

Nur die Boxen machen Geräusche und der Projektor knattert.

Der Rest schweigt.

Der Film dringt durch offene Augen, Ohren und Münder in die Menschen. Er bringt seine Botschaft vom Grauen vergangener Zeiten und der Errettung der Menschheit durch eine unbeirrbare Wissenschaft in Gestalt des Dr. van Helsings. Er bringt die Mär von einem, der Blut säuft, das Tageslicht scheut, einem, der die Welt tyrannisiert und durch und durch böse ist.

Das staunende Hönigsberg ist ganz bei sich – Kopf voll nebliger Bilder und Arsch auf harter Bank.

Die Kinder spielen wochenlang Szenen nach. Mädchen werden von hinten gepackt und schreien dankbar. Die Mutigeren küssen die dünnen Hälse und hinterlassen Spucke auf der Haut. Den Glibber balancieren die frecheren Mädchen stolz an den Zuschauern vorbei, bis er nach unten rinnt. Hauptsache, der Ekel ist echt!

Sie imitieren die Bewegungen der Darsteller, rennen mit dem Rücken zur Wand, ausgestreckten Armen und rückwärtigem Blick die Gassen entlang, schreiten wie Schrate aus, drei abgehackte Schritte, halten plötzlich mittendrin inne und dann stakt das Bein leblos in der Luft, schockgefroren quasi, der irre Blick schweift in weite Ferne, eine Hand mit gespreizten Fingern wandert langsamst vors Gesicht, der Mund ist weit aufgerissen.

Nur geschrien wird nicht! Ist ja Stummfilm, du Depp! Aber die Musik wird gesummt.

Monatelang ist das das schönste und beliebteste Spiel. Kinder lachen noch zu später Stunde, bis der erste Kerl wirklich zubeißt, und er heißt nicht Sepp! Dann haben die Erwachsenen es prompt verboten und ein paar Ohrfeigen später kapieren auch die verstocktesten Kinder den Ernst der Situation.

Was die Ratte weiß

Todesangst ist unterhaltsam, wenn man auf der richtigen Seite der Geschichte steht.

Die Ratte jedenfalls weiß, wem die Stunde schlägt. Die Kinder haben sie eingekesselt. Ein Kreis starker und reaktionsschneller Beine hat sich um sie gebildet. Die Ratte steht auf ihren Hinterläufen und zittert nicht nur mit den Tasthaaren. Sie wartet und weiß was. Aber was?

Unter den Fußsohlen wartet der Tod und hier in der Mitte die Ungewissheit – mehr Optionen sind gerade nicht zu wählen.

Dann warte ich hier mal lieber in der Mitte.

Das weiß die Ratte!

Bis sich ein besonders weißkalkiges Kind aus dem Kreis löst und langsam auf die Ratte zugeht. Dann weiß sie wieder nichts. Sie scheint wie verzaubert von diesem hellen Menschen. Wahrscheinlich überlegt sie gerade, ob sie so etwas schon mal gesehen hat. Auf den Bildern in der Kirche hat der Tod einen weißen Schädel. Ob die Ratte die Kirche schon mal besucht hat? Jedenfalls zuckt sie erst wieder, als er sie längst gepackt hat, und das ist dann mal eindeutig zu spät, wenn es ums Leben geht!

Da muss man keine Ratte sein, um das zu kapieren.

»Das traust du dich nicht!«, ruft eine Stimme aus dem Kreis und die Ratte versteht kein Wort. »Trau dich halt!«, widerspricht eine andere. Und das Ganze endet in rhythmischen Sepp-Sepp-Rufen, wie man das von den Schulhöfen der Welt kennt. Nur mit anderen Namen natürlich.

Doch so was weiß eine Ratte nicht. Todesangst schert sich einen Dreck um Wissen oder Verstehen!

Sie wird mit beiden Händen gepackt, und was da so unmittelbar im Kopf knackt, ist ihr Genick. Von Geköpften sagt man ja, dass der abgeschlagene Rumpf noch durch die Gegend rennt und die Augen auf die verblassende Welt starren bis zum Schluss. Die Ratte hat aber keine Gelegenheit mehr für allgemeine Betrachtungen, ihr Kopf steckt in Sepps Mund und der müht sich nach Leibeskräften zu beißen. Abzubeißen! Fleisch und Knochen sind kein Problem, das Fell aber und die Haut – das dauert und schmecken tut's auch nicht.

Die Ratte, wahrscheinlich ganz mit Sterben beschäftigt, sieht in der Mundhöhle vielleicht mal einen Backenzahn aufblitzen. Vorstellen will man sich das lieber nicht und natürlich will man sich genau das vorstellen! Da sind wir alle gleich.

Was für eine Sensation!

Man stelle sich das vor!

»Der Ratz hat er den Schädel abbissn!«, so sagt's der Dialekt und das klingt doch schon mal ganz schön. Der Schauer in der Gruppe, das Wieder- und Weitererzählen ist aufregend, und irgendwann kriegen es die Erwachsenen mit und wieder ist der Spaß dann bald vorüber.

Eltern erwarten von jeher, dass ihre Kinder gesund und moralisch unauffällig aufwachsen. Dass auch ihr Kind die Ratte zuvor ausfindig gemacht und gejagt, den Kreis mit anderen gebildet und Sepp-Sepp skandiert hatte, dass sie alle gemeinsam diesen lustvollen Schrecken veranstalteten, wollen sich Papas und Mamas seit jeher lieber nicht vorstellen!

»Mein Kind tut das nicht!« ist in allen Sprachen und Dialekten die akzeptierte Lüge auf eine spannende Frage. »Wieso machst du das eigentlich?«

Kinder üben Grausamkeit und selbst die süße Reue danach will trainiert werden und braucht deswegen Gelegenheit. »Da schau, eine Ratte!« Die Scham wird sie noch als Erwachsene am Genick packen. Scham überdauert Kindheit. Sprüche auch. »Wie der Sepp!« wird es noch lange in Hönigsberg heißen.

»Wie der Sepp!«

Über den Gescholtenen baut sich Empörung auf, Hände werden in die Hüfte gestemmt, Köpfe und Zeigefinger geschüttelt. Autorität braucht Gesten! Deswegen werden Hände aufgestützt, die Ellbogen wie kleine Flügel nach außen gestreckt und ein Racheengel imitiert. Und diese Worte noch dazu, das meint äußerste Entrüstung.

Wie schon beim Sepp!

»Was hat er denn getan, der arme Bub, dass er so geschimpft wird?«

Wie der Sepp gescholten werden ... Das sagt doch alles. Irgendwie.

Was muss man wohl alles anstellen, um sich diesen Vergleich zu verdienen?

Wie der Sepp.

»Was? Kartoffelkäfer frisst er?«

Eine Vorliebe fürs Ungeziefer hat Sepp. Das stimmt bestimmt. Jedenfalls ist man sich sicher, dass es stimmen könnte! Und was war mit der Ratte?

Gegen Entgelt und zur Belustigung der zahlenden Kundschaft verzehrt er Käfer und Würmer. Stimmt doch.

Und die Ratte? Dochdochstimmt!!

Das ist den Beteiligten in allen Details erinnerlich – selbst denen, die nie einer Vorführung beiwohnten. So was kann man doch nicht erfinden!

Fragt man aber, wer denn dabei gewesen sei, heißt es »Ich war zu jung!« oder »Mein Bruder! Ich schwör's!«.

Dieser Bursche, der für ein paar Groschen Insekten vertilgt oder Ratten totbeißt, gehört irgendwann zu jeder Hönigsberger Biographie. Dass er Sepp heißt, ist mehr Schicksal als Wahrheit. Wie die ganze Geschichte!

»Der Sepp?«

Unappetitlich und irgendwie bedrohlich. »Dem gesunden Menschenverstande abträglich«, sagte man früher. »Pervers« nennt man's heute.

Es werden auch besonders unappetitliche Details erzählt. Diese Abweichungen stören niemanden, im Gegenteil halten gerade Veränderungen die Geschichte spannend!

Also rennt die Ratte weg und wird noch am Schwanz erwischt. Oje. Oder legt Sepp Kopf und Leib nebeneinander aufs Trottoir, und die Ratte versucht, sich das Haupt aufzusetzen, als wäre es ein Hut. Kichern. Oder rennt der Körper weg und der Kopf sieht ihm traurig hinterher. Winke, winke ... Jedenfalls spritzt das Blut und die allgemeine Empörung auf unschuldige Kinderlein.

Gesehen hat das jeder, es war halt niemals jemand dabei gewesen. Immer nur die Schwester oder der Sohn einer Patentante.

»Wie dem auch immer gewesen war ...«

Vielleicht hat Sepp so was gemacht, aber so selten ist das nicht; Tiere quälen war ein europäischer Volkssport lange vor dem Fußball.

Genau diese Schauergeschichte mit der Ratte erzählte man immer schon und überall, nicht nur in Hönigsberg. Jahrmärkte lebten einträglich von Ekel und Mord, bis der Tierschutz kam, der in Wahrheit nur eine elende Hygienevorschrift ist.

Aber die Geschichte passt zum Sepp, den niemand zum Essen einlädt oder zum Wandern mitnimmt, weil »man müsste sich ja schämen vor die Leut!« Darum die Aufregung um ihn und dieses »wie der Sepp!«.

blauäugig

Die Wiese fällt steil zur Bundesstraße hinab. Ganz oben sitzt Lore und behält den Überblick. Weiter unten steht ein ratloser Sepp im weiten Grün und findet nichts.

»Finde nichts«, kräht er hoch zu ihr.

»Da hinten!«, dirigiert sie.

Sepp lässt sich zeigen, welches Hinten gemeint ist.

»Na da!«

Hinten angekommen versucht er, die Blumen sauber abzuknipsen. Lore schimpft schnell und sagt dann Sachen wie: »Muss ich etwa wieder schimpfen?! Schau nur, wie das aussieht! Ganz zerrupft!«

Anfangs hielt er dieses Schimpfen für ein Spiel. Doch mittlerweile hat er begriffen, dass es ihr Ernst ist, wenn sie ihn anlärmt. Aber es fühlt sich toll, wenn sie das tut. Irgendwie.

Mit demonstrativer Vorsicht überreicht er ihr die Blumen und trotzdem maunzt sie: »Sei nicht immer so grob!« Sie gefällt sich in der Rolle der strengen Chefin. »Wenn die mal zerdrückt sind, werden sie auch schneller welk! Und das wollen wir nicht!«

Sachen gibt es, denkt Sepp und genießt die strenge Belehrung, zu der er natürlich eifrig den Kopf nickt. »Nein, nein! Das wollen wir nicht!«

»Die hier passt nicht. Da schau, Gelb passt zu Blau, aber das Weiß passt nicht so richtig. Siehst du das?«

Sofort gibt er ihr recht. Immerhin sind die Kornblumen schön. Das sagt Lore und Tante sagt das auch.

»Gelb passt zu Blau«, wiederholt er brav.

»Rot vielleicht?«, überlegt sie jetzt und Sepp rennt augenblicklich los, denn weiter hinten blüht der Mohn. Sieh an, auch er passt und Lore lobt: »Sehr schön, Sepp!«

Den Strauß binden sie mit Weidenrinde zusammen. Er hat zuvor die jungen Äste geschält. So was ist nämlich Männerarbeit und er ist immerhin auch schon 13 Jahre alt. Außerdem gabs dafür noch mehr Zuspruch: »Sehr gut, Sepp!« Zufrieden sehen sie ihr Werk an und sind wieder einer Meinung: Es wird der Tante gefallen!

Da packt ihn die Vorfreude und er beginnt zu plappern, beschreibt Tante und die glückliche Zweisamkeit, nennt sie sogar »Mama«, was er nur noch selten macht, und spürt plötzlich ein Kribbeln. Was das wohl wird?, argwöhnt er still für sich und bremst den Überschwang. Denn manchmal bricht seine Krankheit aus, einfach so und ohne großen Vorlauf, aber eben mit einem Kribbeln und dann muss er rotzig schnaufend nach Hause flüchten.

Lore merkt nichts davon.

»Siehst du, Sepp, wie das alles passt?«, doziert sie ungerührt. »Blau wie deine Augen«, und Sepp, um steten Ausgleich zwischen ihnen bemüht, ergänzt: »Oder deine.«

»Ah geh, die sind grau-grün. Da schau!«

Neugierig beugt er sich zu ihr, schaut ihr tief in die Augen und murmelt glücklich: »Schon wieder etwas falsch gemacht!«

»Rot wie die Liebe ...«, zitiert sie aus einem Radioschlager und er wundert sich: »Die Liebe hat eine Farbe? Da schau an!« Er hat an Blut gedacht, damit kennt er sich auch besser aus.

»... und gelb wie ...«, fährt sie unsicher fort, denn ihr will nichts zu gelb einfallen.

Sepp hilft aus mit: »Eiter.«

»Eiter?«, fragt sie noch ernst und muss dann doch lachen. »Du bist mir schon einer ...«, kichert sie und belässt es bei der Andeutung, denn sie mag ihn. Obwohl das natürlich nicht geht!

Den Sepp mögen.

Und Sepp mag Lore, aber auch das tut man scheinbar nicht. Mädchen mögen ist keine gute Sache, wenn man ein »echter Kerl« sein will. Jedenfalls behaupten das die anderen Buben, die regelmäßig über »die Weiber« schimpfen. Zwar glaubt Sepp nicht alles, was er hört, aber er lässt sich Zweifel nicht mehr anmerken. Langsam erkennt er, was er tun oder lassen muss, wo er mitlachen darf und wo er besser schweigt, damit er nicht auffällt.

Und sollte er doch auffallen, kann er sich wehren. Sepp hat entdeckt, dass er kein Schwächling ist!

Getriezt wurde er. Da hat er zurückgehauen. Und der Schulgrobian, der ihn mal wieder gequält hatte, lag im selben Augenblick zusammengeknüllt unterm Tisch.

Zuerst hat der noch gegrinst, wollte eigentlich überrascht tun, aufspringen, Rache nehmen und Sepp verdreschen, doch plötzlich spürte er den Schmerz und musste weinen.

Der Grobian war überrascht. Kein Zorn blitzte in seinen Augen auf, da war nur Schmerz und Angst vor noch mehr Schmerzen.

»So sieht das also aus, wenn der sich mal fürchtet«, haben alle gedacht und waren auch überrascht.

Seither weiß jeder, dass Sepp bärenstark ist, und der Grobian weiß es sogar aus erster Hand.

Sepp ist an diesem Tag glücklich nach Hause gegangen. Der Schulweg fühlt sich jetzt anders an. Sepp steht fester, seine Schritte sind weiter, und er merkt, dass selbst die Straße unter seinen Füßen zittert. Er öffnet die Haustür mit Schwung, ach was, Sepp reißt sie aus den Angeln, schmeißt sie im hohen Bogen auf die Gasse hinter sich. Zehn, nein, zwanzig Meter weit fliegt sie und kracht in den Schotter. Alle ziehen die Köpfe ein und schweigen! Die Treppe steigt er nicht hoch, er fliegt sie hinauf. Die Wohnungstür öffnet sich von ganz allein. Musik spielt, die Tante hat sich schön gemacht …

»Wie war die Schule?«

Klasse! Einfach klasse! Du glaubst es nicht. Er umarmt sie und die Tante wird von ihm in die Höh gehoben und denkt: »Mei, wia da Bua wachst!«

Mit seinem Körper und seiner Kraft wächst aber auch der Abstand zwischen ihnen. Nichts Dramatisches, doch verliert der Junge mit seiner Handlichkeit auch an Niedlichkeit. Der

Bub wird kantiger, er riecht, macht erwachsene Geräusche im Schlaf und beim Essen.

Streit gab's neulich, weil er ein Bier wollte. Sie gab es ihm. Doch am Tag danach wieder: »Gib ma a Bier!«

Gib mir!

Da fragte er schon nicht mehr.

Sein Bett steht in der Wohnküche, wo einmal ein Wickeltisch stand. Tagsüber dient es als Sitzgelegenheit.

Die erste Zeit saßen sie da dicht an dicht, und wenn er müde wurde, legte er seinen Kopf auf ihren Schenkel und sie streichelte Hals, Nase, Ohren.

Wie gern würde sie ihn auf ewig weiterstreicheln!

Nun sitzen sie »jeder in seinem Eck«. Wenn er jetzt beiseitesinkt, macht sie Platz. Es gelten neue Verkehrsregeln.

Kein Kuscheln mehr, kein »Abbusseln«.

Und plötzlich springt die Tür auf und der Bub nimmt Tante einfach in die Arme, wirbelt sie durchs Zimmer. Was im ersten Moment aussieht, als wäre es die alte Vertrautheit, beweist nur, wie sehr sich alles zwischen ihnen geändert hat!

»Aufhören, aufhören«, will sie rufen und schweigt. Was für kräftige Arme der hat! Augenblicklich kriecht ihr der Neid auf zukünftige Bräute ins Lachen. Bitter gackert sie, sagt: »Heb dir deine Kraft für deine Frau auf!«, und er antworte zu ihrem Erstaunen: »Die reicht für zwei!!«

Oje, denkt sie da. So groß ist er also schon.

Kribbeln

Der helle Tag schlägt Sepp ins Gesicht und seine Haut schwillt an. Unter einem Meer von Jucken steigt langsam ein Brennen auf, die Haut wird rot, dann schlägt sie Blasen. Nicht lange, und Tränen kommen, die Augen schwellen, Wunden nässen.

Sepp starrt auf die Welt, sie zerfließt zu einem farblosen Brei. Seine Bronchien rasseln, Luft geht rein, nur schwer wieder raus. Bald springt der Atem in ihm wie ein an Land gezogener Fisch. Er kriegt Luft und wird sie nicht mehr los. Er presst, pfeift, will nicht ans Ersticken denken. Kann man an zu viel Luft ersticken?

Dann kommt eine Hitze, bis die Ohren glühen, der Rachen ist trocken und ein dumpfer Hunger wütet im Magen.

Die Krankheit kommt und geht. Die Krankheit ist immer da, und wenn sie ausbricht, bleibt ihm nur die Gewissheit, dass sie gehen muss, damit sie wieder ausbrechen kann.

Er weiß, das geht vorbei!

Er kann aber nicht vergessen, dass sie wiederkommt!

Sepp schleppt sich an Tante vorbei.

Die lässt vor Schreck den Kopf sinken. Es gibt keine Hilfe in diesen Momenten, und obwohl sie diese Anfälle mit all ihrer intimen Qual kennt, drückt ihr die Ratlosigkeit jedes Mal das Kinn auf die Brust.

Er hat sich in diesen Momenten nie im Spiegel angesehen. Er würde auch nicht mehr erkennen als eine diffuse Wolke. Licht schmerzt, Wärme schmerzt, Berührungen schmerzen.

»Tante, bitte! Nicht umarmen. Nicht reden.«

Nicht trösten also!

Durchs Treppenhaus steigt Sepp in den Keller hinab und legt sich unter das Gemüse. Geht allem aus dem Weg.

Im kühlen Dunkel verliert er die Zeit.

Dort liegt er allein.

Allein mit der Angst, dieser Anfall könnte nie enden und er müsse hierbleiben. Zwischen Winteräpfeln und Kartoffeln verschüttet.

»Ist's schlimm? Brauchst was? Soll ich was bringen? Wasser? Hast Hunger, was? Willst nicht reden? Willst runtergehen? Geht's? Tut es sehr weh? Soll ich helfen? Oder den Doktor –? Willst nicht reden, ich weiß. Aber sag bitte: Soll ich still sein? Soll ich? Irgendwas? Sag bitte! Ja?«

Sogar Liebe schmerzt.

Wer nix wird ...

Am Abend drängt sich alles um den Tresen. Dort spielt die Musik, dort ist der Wirt.

Er ist wie die Spinne im Netz, der faszinierende Mittelpunkt, von dem alle Gefahr ausgeht.

Jener untersetzte Kerl mit dem derben, blank gescheuerten Vollmondgesicht, das auf seine einfache Art offen und klar ist, verkörpert das kriminelle Element im Dorf. Seine Geschwätzigkeit und der joviale Ton seiner weichen Stimme stehen in merkwürdigem Kontrast zum Unbehagen, das seine Erscheinung auslöst.

Hände in den Hosentaschen, den Kopf aufs Mehrfachkinn gestützt und seinen gefühlsleeren Blick unter dichten Augenbrauen vorbei auf das Gegenüber gerichtet, die Beine gespreizt, als sei er immer auf dem Sprung, in dieser theatralischen Haltung kann er abendelang unter den Zechern stehen, während die Angestellten, seine verwitwete Schwägerin und ihre pubertierende Tochter, geschäftig herumwuseln und die Kundschaft bedienen. Er selbst ist ledig.

Tage vergehen, manchmal Wochen, und nichts geschieht. Doch weiß ein jeder im Schankraum, dass diese Ruhe nicht von Dauer ist. Jede Sekunde kann eine Änderung bringen. Dann bricht eine Gewalttätigkeit aus, die ihresgleichen sucht.

Seine Ausbrüche sind ohne Regel. Seine Brutalität ist von biblischem Ausmaß. Keine Explosion kann als Muster für die nachfolgenden dienen, jede ist ein Original. Es sind nicht Alkohol, bestimmte Aussagen oder dahingeworfene Gesten Anlass für diese Gewalt. Alles kann diese Rage auslösen! Der Anfang wie der Verlauf und das Ende bleiben den Beteiligten undurchschaubar, wie verdeckt von der Schwärze seines Wesens. Aber jeder Ausbruch beweist die Deckungsgleichheit zwischen Täter und Tat. Er ist zuhause in dieser tierischen Wildheit und menschlichen Gemeinheit und scheint der Sagenwelt mitsamt ihrer Legenden von Lemuren, Werwölfen und Menschenfressern entsprungen zu sein. Er ist ganz ohne Biographie, es existieren keine Geschichten aus seiner Vergangenheit. Man sagt: »Er kommt direkt aus der Hölle.« Wozu also Details? Darum kursieren auch keine Erklärungen, wird Psychologie nicht angewandt; kein Vater, der ein Säufer war, eine früh verstorbene Mutter ist nicht bekannt, astrologische Daten können nicht gedeutet werden. Beim Wirt greift diese Mechanik nicht. So gegenwärtig er in Hönigsberg ist und »sogar darüber hinaus«, wie manch einer durchaus stolz anmerkt, so wenig spricht man über ihn. Es ist Sprachlosigkeit, nicht Angst, die alle verstummen lässt. Der Wirt ist eine wortlose Katastrophe.

Das kleine Gasthaus, zwischen Stahlwerk und Bahnhof direkt an der neuen Autostraße gelegen, ist jeden Tag geöffnet und immer gut besucht. Abends drängt man sich um den Tresen. Die Frage ist nicht, ob Sepp diesen Ort entdeckt. Jeder kommt hier irgendwann einmal vorbei und dann heißt's: »Knusper, knusper Knäuschen, wer ...?«

Zwischen Tür und Angel (1)

Gerade noch war alles gut. Gerade noch.

Jetzt ist Schweigen in der Küche, Tante sitzt am Tisch und weint lautlos in die aufgestützten Hände. In ihrer Schürze treffen sich Tränen, und die liegen dort wie Perlen eines zerrissenen Colliers, bevor sie ineinanderplatzen. Er steht im Türrahmen und drückt den Schädel gegen die Kante.

Gerade noch war alles gut.

»Du bist nicht meine Mutter!«, hat er ihr plötzlich vorgehalten, heißer Zorn ließ ihn heiser sprechen. Sie heulte los.

Früher hatte er sich augenblicklich entschuldigt. »Nicht weinen, Mama! Nicht mehr böse sein, bitte ...« Früher konnte er sich noch entschuldigen. Mit 15 kann er das nicht mehr. Sie würde ihm auch kein Wort glauben. Es ist das Alter! Der ist kein Kind mehr und ein Mann ist er noch nicht. Das weiß sie. Aber auch dieser Gedanke wird sie nicht trösten. Es stimmt: Sie ist nicht seine Mutter! Doch was ist sie? Sie weiß es wirklich nicht. Sie ist da! Gegenwärtig. Und was noch?

Weder kann sie seine Krankheit noch seine Einsamkeit lindern. Seine Kraft muss Sepp an ihr üben, seine Enttäuschungen mit ihr austauschen, und dann gibt es da noch all diese Dinge, über die er auch mit seiner leiblichen Mutter nicht reden könnte, über Lüste und Brüste und.

Die Auseinandersetzungen häufen sich, die Wohnung wird immer kleiner.

Blöde Kuh, hör endlich auf zu weinen! Die Worte rumpeln in ihm und suchen den Ausgang. Er hat Angst, zittert vor Wut und Hass. Sein Pulsschlag klopft an den Türrahmen. Ob er sich traut, das laut zu sagen? Trau dich halt!

Sie sitzt hilflos da und kann nichts mehr denken. Kein Gedanke, kein Wort; silbenlose Leere in ihr. Sie flennt und weiß es nicht.

»Blöde Kuh, hör endlich auf zu weinen!« Leise übt der Kerl den nächsten Anschlag. Sein Körper ist hart wie Stein, nur dieses lächerliche Scharnier in der Mitte seiner Beine scheint keinen Halt mehr zu geben. Er stemmt sich gegen die Wut und will nicht nachgeben. Er will sich trauen und traut sich nicht.

Blöde Kuh.

Er schließt den Mund, in ihm summt und streitet es: Das darfst du nicht! Versuch's einfach! So was tut man nicht! Probier's doch!

Er geht zur ihr, legt eine Hand auf ihre Schulter. Er ist ein braver Junge! Seine warme Hand, seine sanfte Stimme und dazu ein seltsamer Text: »Hör bitte auf zu weinen, blöde Kuh!«

Sie hört es nicht, spürt nur seine Wärme.

Was für ein braver Junge.

»Braver Bua, is scho recht.« Und dann findet sie doch noch Worte, die seinen Widerstand brechen: »Wir ham doch nur uns.«

Lange ist es her, dass sie sich so umarmt haben, sich so spürten. Er riecht die milde Süße an ihrem Hals.

Zwischen Tür und Angel (2)

Ihre muskulösen Beine sind zu sehen. Wenn er den Kopf nach links bewegt, sieht er auch ihren nackten Schoß. Mehr Einblicke erlaubt das Schlüsselloch nicht. Den Oberkörper kann er nicht sehen.

Er kennt die Frau, die rücklings, mit angewinkelten Beinen auf dem Küchentisch liegt. Ob ihre Brüste nackt sind? Ihre Scham ist es. Hell leuchtet das Haar zwischen ihren Beinen. Sein Atem beschlägt das Metall des Schlosses, die Feuchtigkeit liegt wie ein Pelz auf dem Blech. Jetzt sind Schritte zu hören. Kurz hält er die Luft an.

Dann ist es wieder ruhig.

Wie nur mehr erblicken? In ihm wetteifern Angst und Neugier. Langsam und vorsichtig drückt er die Klinke herunter. Ist es ein Glück, dass die Tür nicht verschlossen ist?

Drinnen unterhalten sich die Frauen.

»Es wird nicht weh tun.« Tantes Stimme. »Erst wenn es abgeht, spürst du auch etwas.«

Er schiebt langsam die Tür auf. Was soll er nur sagen, wenn er entdeckt wird?

Doch niemand bemerkt ihn.

Auf dem Tisch liegt die Frau und wartet, erwartet etwas. Daneben steht Tante, die Instrumente vorbereitet. Still ist es und trotzdem wird das leise Knarzen der Scharniere nicht wahrgenommen. Sepps Flachskopf ist immer noch auf Höhe des Schlosses, seine Augen sind weit aufgerissen, die Hand immer noch an der Klinke.

Die Frau betrachtet imaginäre Landschaften hinter der Deckenlampe und sagt: »Hauptsache, es ist weg.«

Tante beugt sich über sie, nimmt die auf dem Bauch liegenden Hände und erwidert: »Nein! Hauptsache, du bleibst gesund!«

Seifenlauge hat sie gekocht und Sepp durfte nicht rühren. Seit einem Unfall mit den Stricknadeln behilft sich Tante der Seifenlauge. »Weniger Blut, weniger Schmerzen!«, ihre lakonische Feststellung. Aber nicht weniger gefährlich. Von einer Bekannten weiß sie, dass eine kleine Luftblase in der Lauge genügt, um die Patientin zu töten. Darum rührt sie selbst, auch wenn Sepp bettelt!

Nun stellt sie einen Stuhl an den Tisch, den weißen Schenkeln gegenüber. In der rechten Hand hält sie ein Klistier mit langer Spitze, die linke greift an die Vagina und Sepp richtet sich langsam im Türstock auf. Von hier kommt er nicht mehr unbemerkt davon. Er will auch nicht weg, er will näher ran.

Die zwischen den Beinen versunkene Tante informiert: »Das ist jetzt ein bisserl unangenehm.« Ihre Patientin macht Grimassen. Dann führt Tante die Spitze ein und sucht die Gebärmutter.

»Sag, wenn's weh tut.«

Nicken.

»Tut's weh?«

Kopfschütteln.

Sepp geht zum Tisch. Die Schwangere schaut den Burschen an, gibt ihm ohne Zögern eine Hand und antwortet, immer noch mit Blick zu ihm: »Ich sag dir schon, wenn's weh tut.«

Erst jetzt bemerkt auch die Tante ihn. Sie denkt »Abbruch« und macht weiter.

Während sie die Kanüle in die Gebärmutter schiebt, Sepp den Schweiß auf der Patientinnenstirn fixiert, das Ticken der Küchenuhr sein Trommelfell massiert, Lauge langsam das Nest füllt und die fremde Hand das Blut in seinen Fingern staut, übt Tante Antworten auf die Frage, die sie am meisten fürchtet: »Was macht ihr hier?« Doch in Sepp gärt keine Frage. Er zerreibt seine Erregung an der Tischseite und weiß es nicht, er spritzt in seine Hosen und bemerkt es nicht, das Fleisch auf seinen Backenknochen schiebt Wellen über die Oberlippe ins Zahnfleisch und er spürt nichts.

Später erinnert er sich nur an das Ticken der Uhr und das hohe Blubbern der Gummiblase, als nach getaner Arbeit die Luft zurückströmte. Die angestrengten Gesichter der Frauen, die kristallharten Geräusche, als die verhinderte Mutter vom Tisch rutscht und in ihre Strumpfhosen fällt, das alles hat er vergessen. Er hört nichts von den Ratschlägen, die seine Tante gibt. Nichts ist ihm erinnerlich. Er ist nur noch zerknirscht und gelähmt, zieht sich aus, legt sich das allererste Mal nackt in ein Bett, schläft ein und erwacht erst Stunden später, tief in der Nacht. Dann wichst Sepp, bis sich die Haut am Penis rötet und er wieder in sich sackt und weiterschläft, als gebe es kein Aufwachen mehr.

Tante räumt noch auf und weiß dann auch nicht mehr weiter.

Man muss nur ein bisschen Mut haben und nachfragen und bald stellt man verblüfft fest: Jeder weiß Bescheid! Jeder weiß, wer es beherrscht. Jeder weiß mehr oder weniger, wie es gemacht wird. Jeder kennt jemanden, der es machen ließ. Alle wissen Bescheid und doch!

»Engelmacherin«, so der halb folkloristische, halb professionelle Titel, ist ein nicht öffentliches Amt. Frauen sind unter sich. Väter, überhaupt Männer, auch der liebe Gott und der Papst, sind nicht zugegen, wenn getan werden muss, was scheinbar nicht getan werden darf. Selbst Ärzte lassen sich nicht blicken.

Hauptsache, es ist nicht mehr da.

Komplizierte Zubereitung

Sonntage erkennt man an den Klopfgeräuschen. Sie dringen aus den Küchen auf die Straße. Egal, an welcher Ecke Hönigbergs man auch steht, immer ist dieses im Rhythmus variable, aber im Klang beständige Bummern zu vernehmen, das ein Hammer mit gezackter Schlagseite beim Zusammenprall mit einer Scheibe Schweinefleisch erzeugt.

Sonntag ist Schnitzeltag!

Und Arbeiter essen Schwein, weil es billiger ist.

In direktem Zusammenhang zum Klopfen steht eine zweite sonntägliche Besonderheit. Väter strolchen mit ihren Kindern durch Dorf und Gefilde!

Dahinter steckt ein Marschplan, der von Onkel A zu Tante B, auf die Schlittschuhbahn im Winter oder zum Fußballfeld im Sommer und ins Gasthaus führt. »Seid's schön braav!«, ertönt's dazu aus allen Ecken. Unmöglich, dass ein Rudel den gewohnten Pfad verlässt oder gar die Abfolge ändert. Tempo und Verweildauer sind genau bemessen, denn sonst käme man zu früh nach Hause und die Schnitzel wären noch nicht fertig! Eine verärgerte Hausfrau würde patzen, den Salat versalzen oder Schlimmeres! Oder man käme zu spät an den Sonntagstisch und die Schnitzel wären kalt oder durchs Aufwärmen trocken geworden!

Schnitzelbacken ist eine Kunst, die eine ganze Familie beherrschen muss.

Der kluge Vater plant Anreize für die Jugend ein. Den Mädchen zuliebe wird eine Blumenwiese gestreift, den Buben genügt ein Tümpel mit Schnecken und Fröschen. Dort werden sie von der Leine gelassen und sammeln Sträuße und Kaulquappen für Mutters Einmachgläser. Vater gönnt sich einen kurzen Blick auf die Fußballmannschaft. Das abschließende Verweilen am Tresen ist ein ebenso streng geordnetes Ritual. Während sich drinnen Väter um Bier und Männertratsch drängen, balgen sich die Kinder draußen um ein spärlich spendiertes Getränk namens »Kracherl«. Eine sehr rote, sehr süße Limonade, die ihrem hohen Anteil Kohlensäure den lautmalerischen Namen verdankt. Dann wird der Ort schlagartig verlassen, die Schnitzel sind fertig.

Christians Rundkurs ist ähnlich gesteckt. Sein Weg führt über Wiesenwege und Waldränder schnurstracks zu seiner Schwester. Louisi-Tant', also alleinstehend und somit ohne zu bekochenden Anhang, ist Endpunkt und Nutznießerin dieser Aufteilung. Sie und der Friedl.

Der Friedl ist ein geistig zurückgebliebener Mann, der den hellen Tag in ihrer Wohnung verbringt und nur darauf wartet, von Luiserl heimgeschickt zu werden.

Sie ist nicht mit ihm verwandt. Er war eines Tages da – Friedl hatte sie auf der Straße um einen »Tschick« angebettelt und »Gnädige Frau« gesagt, worauf sie kurz lachte, »Luisi heiß ich« erwiderte und ihm eine Zigarette zusteckte – und seither wich er nicht mehr von ihrer Seite.

Der Friedl schläft im »Siechenheim« nahe der Siedlung. Dort ist er mit dem Ausschuss der Arbeitswelt in einem Saal untergebracht. Zusammen mit Knechten, Arbeitslosen, Rentnern und aller Art von Bettlägerigkeit, streng getrennt von dem weiblichen Pendant – einen Stock und zwei Gittertüren weiter – verbringt er seine Nächte.

Hier erhält er Mehlsuppe zum Tagesbeginn und eine in Farbe und Aussehen variierende Pampe am Mittag. Doch darauf kann er verzichten, denn Louisi-Tant' ist froh um seine Anwesenheit und ernährt ihn. Einen Mann hat sie mal gehabt und der ist mit Karabiner in der Hand im Osten verloren gegangen. Jahrelang hatte sie Angst gehabt, er könne wieder heimfinden.

Luisi versorgt Friedl auch mit Kleidung, meist den abgetragenen Sachen ihres Bruders, die sie auch wäscht. An Weihnachten strickt sie für ihren Schützling. Seine Dankbarkeit ist immer maßlos, und sie muss fürchterlich schimpfen, dass er wenigstens Schal und Mütze im Sommer ablegt. Sonst aber macht der Friedl die Louisi-Tant' Lachen und das vor allem unterscheidet ihn von ihrem Ehemann.

Frühmorgens, wenn Christians Schwester müde von der Arbeit in der Putzkolonne nach Hause trottet, wartet er an ihrer Haustür. Eigentlich will er sie am Werkstor abholen, aber das hat sie verboten. Die Leute reden, auch wenn es nichts zu reden gibt, denn »den Friedl hat der Hitler kastriert!«

Die Nazis hatten Friedls Leben katalogisiert und ihn nach den Statuten einer sehr deutschen Hygiene verstümmelt. Der Kastrat ist ein liebenswerter Kerl, der keiner Fliege etwas zu

Leide tut und gegen jedermann höflich ist – was nicht nur auf dem Land der augenscheinliche Beweis von Blödheit ist.

Friedl liebt seine Beschützerin, Louisi wiederum vergöttert ihren Bruder, und Christian ist in den Gesang seiner Töchter vernarrt – kein Sonntag ohne das Duda-Duo. Lore und Resi singen für Louisi-Tant' und Friedl, die mit freudiger Andacht lauschen.

Früher saßen auch Sepp und Tante im Publikum. Doch eines Tages nahmen die Mädchen Sepp beiseite und weihten ihn in das sexuelle Schicksal Friedls ein. »Den Friedl hat er schon kastriert und dich wird er auch noch holen!« Seiner Erwiderung »Der Hitler ist doch tot!« wurde mit niederschmetternder Offenheit entgegnet: »Versteckt hat er sich; und wenn er wiederkommt, wirst auch du kastriert!« Seither vollzieht sich in Tantes Wohnung ein allsonntägliches Drama. Der Junge bockt wie ein Esel und eine reichlich genervte Tante streift allein durch den Tag des Herrn.

Die Darbietungen der Schwestern bleiben davon unberührt! Ihr Gesang ist natürlich auch ohne Sepp wunderschön und Friedls Kopf wippt in triebgehemmmter Gleichmäßigkeit zum Takt der Melodien. Oder wie Lousi-Tant' sagt: »Bei diesen Stimmen vergisst man alle Sorgen!«

Mäh!

»Auf, du Lausbub, du elendiger.«

Das berühmte heiße Messer teilt die Butter, mühelos schiebt sich der Wirt durch die Masse der reglos gaffenden Zecher und greift sich Sepp.

Tante will ein Bier zur Nacht.

»Wer knabbert an mei'm Häuschen?«

»Eine Flasche Bier« – über diese Floskel stolpert Sepp in die Katastrophe.

Unter dichtem Augenbusch hervorblinzelnd schaut ihn der Wirt gemütlich an und fragt mit jovial schaukelnder Stimme: »Schnell soll's auch noch gehen, was?« Er will provoziert werden.

Sepp, ungeübt in Frechheiten und allgemeinen Gefahren, wagt die große Geste auf öffentlichem Parkett und probiert: »Wenn's recht ist!«

Warum hast du so ein großes Maul? »Auf, du Lausbub, du elendiger!«

Nichts denkt Sepp jetzt, da er an der Schankhand hängt wie eine Promenadenmischung an der Leine. Im Vorbeifliegen sieht er die angstgeweiteten Augen der Gaffer und denkt sich immer noch nichts. Er wird vor die schäumende Wirtsvisage gezerrt, Vokale und Konsonanten regnen in sein Gesicht, und einen Wimpernschlag später liegt er auf dem Boden, wird an den Haaren gezogen und ist – schwupp – durch eine Tür bugsiert, die sich wie der Vorhang im Theater überm Schicksal des jugendlichen Helden schließt und Akteure und zahlendes Publikum auf ewig trennt.

Dunkel ist's dort, wo Sepp jetzt ist. Mit dem Schwinden des Lichts melden sich erste Schmerzen. Genauso plötzlich bricht der scheppernde Falsett des Übelmenschen los: »Du Hurenbankert, Wichser, wer hat dich gefragt? Was? Was sagst? Nix sagst, sonst erschlag ich dich, du Hur. Verfickte Sau, dir zeig ich's. Am Arsch, dreckige Fotze. Verarschen willst mich? Wenn ich mit dir fertig bin, passt du in keinen Arsch mehr! Hörst du, Schwuler? Hörst mir auch zu, Schwuler? Ich hab's dir gesagt, Schwuler! Ich mach dich auf, na warte ...«

Natürlich soll das keinen Sinn machen, hier will sich jemand nur Luft verschaffen. Aber Sepp hört das meiste zum ersten Mal und erhofft sich Aufschluss aus diesem Text, der einfach nur Geschrei ist. «Wichser« hat er schon mal gehört, aber bevor er Tante um Erklärung bitten konnte, war das Wort auch wieder vergessen.

Silbe auf Silbe, Schlag auf Schlag geht's weiter. Sekunden dehnen sich ins Unendliche. Ein paar Ewigkeiten später stoppt sein unsichtbarer Peiniger urplötzlich; kein Schubsen, Stoßen, Spucken oder Schimpfen mehr, reglose Stille füllt die Dunkelheit! Und in dieser Stille keimt, langsam und unbarmherzig, was Chaos und Verwirrung bisher verhinderten: Angst.

Sepp ist endlich angekommen. Angst füllt Magen und Darm und spielt mit Sepps Schließmuskeln.

»Drecksau, halt's Maul!«

Drecksau ist ruhig.

»Maul halten, Drecksau!«

Die Wärme, die sich im Schritt staut und als breiter Fleck in die Hosenbeine sickert, gibt keinen Laut von sich.

»Halt's Maul, halt's Maul!«

Gedanken, Scheiße, Pisse ... nichts ist mehr am richtigen Platz und darum, nur darum, antwortet Sepp: »Aber ich sag doch nichts.«

Ein Schrei, grell wie Blitz und laut wie Donner. Der Wirt prügelt in die Finsternis und trifft nur Wand. Seine blutigen Finger suchen das »vorlaute Miststück«, packen es, ziehen es zu Boden. Und dort, auf unsichtbaren Kacheln kauernd, stößt überraschenderweise der Täter ein hohes Wimmern aus.

Dem sind die Worte ausgegangen!

Seine Aggression schlägt Blasen, Schaum hängt am Maul. Er ist sprachlos, aber noch lange nicht am Ende.

»Du, du«, stammelt er und dann nichts mehr.

Ein weiterer Versuch und doch nur: »Du, du -«

Sepp hört das aus weiter Ferne. In ihm summt ein Bienenstock, seit eine Stafette prächtiger Volltreffer seine Ohren außer Gefecht gesetzt hat. Bunte Reflexe tummeln sich vor seinen Augen, das rechte ist zudem im Rhythmus eines hysterischen Pulsschlags zugewachsen. Von irgendwo nagen Schmerzen an den Nerven und suchen den schnellsten Weg ins Meldezentrum.

Tapsen, eine Tür öffnet sich, mit ihr schlägt ein weißer Keil in die Dunkelheit. Sie stürzen in einen Stall, ins grelle Hell.

Patsch macht's! Sepp wird in ein Gatter geschleudert und landet mitten unter schmatzenden Schafen. Hier bekommt er einen kantigen Befehl zugeschnarrt: »Schau her!«

Er schaut hin.

Der Wirt zieht sich aus. Hemd und Hosen reißt er sich vom untersetzten Leib. Die dunkle Behaarung der Genitalien, die sich geometrisch-fein in Richtung Bauchnabel zuspitzt, umrahmt seine verwachsen-dünne Lächerlichkeit und Sepp schaut genau hin. Der Wirt hat 'nen Ständer und schämt sich nicht! Der rasende Faun springt in die Herde und landet auf einem Schaf, das der Zufall in seine Flugbahn manövriert hat. Die schmalen Tierbeine geben mit hellem Knacksen nach. Das Geräusch durchzuckt Sepp, als gelte es ihm. Der Wirt umklammert den bebenden Leib, presst ihn an sich, tastet mit einer Hand nach den Augen und stülpt seine Finger in die Höhlen. Augäpfel platzen lautlos wie ein ofenwarmes Soufflee an kalter Luft. Während sich die Herde an Sepp drückt, sucht ein mordgieriger Mund den Hals des Opfers. Knorpel bricht. Schaf stirbt. Ein letztes rotziges Schnaufen und Schnäuzen und das war's. Gerade noch zuckte der befallene Körper, eben noch strampelten die Beine wild in der Luft, dann endete alles in einem stillen Tremolo der Gliedmaßen und es war einmal ein Schaf.

Blut überall.

»Komm her, Kamerad.«

Auf allen vieren krabbelt der Kamerad. Gehorsam treibt den Kamerad zum Wirt.

»Trink, Kamerad!«

Blut sickert ins Heu.

»Trink schon, ist extra für dich, also trink!«

Sepp saugt an der Wunde.

Der Mörder schwelgt in post-koitaler Seligkeit, brummt: »Die Runde schmeiß ich!«, und kichert. Der Kerl entspannt und sein Pimmel sinkt zur Seite.

»Kamerad, du gefällst mir. Ehrlich! Du bist schon recht. Glaub mir. Ich seh das. Aber trink jetzt. Hast dir's verdient.«

Sepp trinkt.

Kameraden sind sie jetzt also! Sepp hat das ganz deutlich gehört. Sein Schädel dröhnt, er blutet, ist voller Blut und spürt doch nur die warme Wonne eines kameradschaftlichen Rituals. So fühlt sich Krieg an. Zufrieden erzählen Überlebende, dass nicht alles schlimm war. Die Toten halten's Maul.

Das Bier für Tante ist umsonst – Geschenk des Hauses!

»Komm bald wieder«, hat der Wirt zum Abschied gesagt und ihn herzlich an sich gedrückt. »Komm bald wieder.«

Tante ist wütend und erschrocken zugleich.

»Bin hingefallen!«, lautet Sepps Antwort, denn lügen hat er mit den Jahren gelernt.

»Dass du auch nie aufpasst! Schlimm schaust du aus! Dass soll dir eine Lehre sein.« – Ein mütterliches Resümee zum Schluss.

Zu späterer Stunde

Die Schankzeit ist vorüber, aber man hat es übersehen oder ist zu müde, um nach Hause zu gehen. Die Buben und Mädel sitzen betrunken zwischen aufgestuhlten Tischen und die Ausdauerndsten können sogar noch reden. Nur nach Hause schaffen sie es halt nicht mehr!

Man kennt sich von der Schule oder seit der Geburt. Kurz verlor man sich aus den Augen, weil die Lehrzeiten im Stahlwerk anders sind als die Unterrichtszeiten in der Schule, ein, zwei Jahre dauert das, bis man sich in der Ausbildung oder am Arbeitsplatz wiedertrifft. Das Bundesheer reißt sie nochmals auseinander, aber das waren dann schon alle Gelegenheiten zum Abenteuer. Danach warten Werksverträge, Eheverträge, Geburtsurkunden, Rente, Tod.

Zwischen diesen Eckpfeilern eines geregelten Lebens sitzen sie manchmal zusammen, saufen und erzählen sich was, damit die Zeit vergeht. Und Sepp sitzt jetzt regelmäßig bei ihnen und schweigt. Der Sepp hört gerne zu.

»Da schau. Die Narbe ...« – eine junge Frau hebt den Unterarm mit der quergezogenen Furche zur allgemeinen Begutachtung ins Licht. Nicht nur Sepp schaut hin.

»Sieht aus wie eine Semmel«, meint einer und eine andere: »Ein Tal.«

Gemeint ist diese tiefe Einkerbung in der Haut, durch den Muskel bis in den Knochen hinein. Mitten im Arm ist eine tiefe Rille, die da nicht hingehört. Sepp darf's sogar anfassen. Die Männer passen ja auf!

»Zwölf oder dreizehn war ich«, so geht ihre Geschichte weiter, »mit einem Schlag durchgehauen. Der Vater war wieder besoffen und ich musste ihn auch noch provozieren.«

»Was hast du gesagt?«, fragt Sepp, denn er hat ja keinen Vater und weiß nicht, wie man einen Vater provoziert. Das Mädel grinst und erklärt's ihm gerne: »Er hat schon nicht mehr reden können, so besoffen war er, da hab ich g'sagt: Nicht, dass du morgen wieder einen braunen Streifen in der Unterhosen hast …«

Lachen, kurz nur, denn jetzt kommt's: »Aufgesprungen ist er, b'soffen, wie er war, in die Ecke hat er gegriffen, wo die Holzscheite liegen, und zugeschlagen.« Pause, jeder denkt sich seinen Teil, dann die Pointe: »Er hat die Axt erwischt!«

Lachen.

»Und dann?«

»Die Mutter hat ihm mit dem Schürhaken eins drübergezogen. Dann war eine Ruh! Ins Krankenhaus hat's aber nur mich gebracht.«

Lautes Lachen.

»Deppert war der Alte aber schon vorher.«

Nochn Brüller.

»Es war des letzte Mal, dass er mich so g'schlagen hat. Ein Jahr später is' er g'storben.«

»Woran?«, fragt einer, während alle »Schürhaken« denken.

Der Erzählerin reicht aber eine Geste und allen geht ein Licht auf: Der Schnaps also. Man trinkt schweigend wie in Gedenken an einen großen Mann.

»Fehlt er dir?« Das ist wieder Sepp, denn er kennt sich halt so gar nicht aus.

Das »Nein« kommt wie aus der Pistole geschossen. Dann denkt sie nochmals nach, wobei es aussieht, als würde sie Witterung aufnehmen und tatsächlich kommt ihr noch etwas in den Sinn: »Die Mama ist jetzt halt viel allein. Zum Glück hat sie die Krimis. Aber das meiste kann sie nicht lesen. Ist ihr zu brutal!«

Kein Lacher.

Erster Brief

Liebe …,

ich liebe Sie!

Sepp.

Die Reihen fest geschlossen

Vom geschäftigen Sonntagsverkehr rund ums Schnitzel profitiert die Kirche nicht. Drängt man sich auch ums Fußballfeld und sind die Gasthäuser bis zum Bersten gefüllt – die Urheberin dieses arbeitsfreien Tages geht leer aus. Wären nicht die gewohnheitsmäßigen Pilger, müsste der Gottesdienst ausfallen.

Dieses Grüppchen verteilt sich im leeren Gestühl wie Scheitelhaar auf einer Halbglatze in der Hoffnung, dort Fülle zu simulieren, wo Leere vorherrscht. Also sitzen Familien getrennt, platziert sich in die Reihe nur je ein Gläubiger und lässt – Not macht erfinderisch – jede zweite Reihe unbesetzt!

Der erhoffte Effekt bleibt aus. Immerhin steht dieses Bild rhythmisierter Langeweile in angenehmer Harmonie zu den Predigten. Die Rauflust eines Bußpredigers sucht man hier vergeblich, routinierte Schwermut herrscht und die Melancholie sinkt von der Kanzel über die Zuhörer zwischen die Kniebänke, wo sie wie vergessen liegen bleibt. Ortsfremde verweilen gerne in dieser Stimmung, die sie für den lebendigen Ausdruck ländlicher Mystik halten.

Der diensttuende Pfarrer ist meist Novize, ein Frischling, der nach ein paar Jahren in diesem seelsorgerischen Brachland in ein pralleres Leben zurückkehren darf, so er diese

Feuerprobe übersteht. Der Sprengel ist zudem ein beliebtes Ziel bei Strafversetzungen, ein Glaubensgulag[3].

Doch ist dies nicht der Grund, der die Menschen fernbleiben lässt. Es ist auch kein Glaubenszweifel. Überall finden sich Kruzifixe, kaum ein Schlafzimmer ist ohne Schutzengel. Rosenkränze prangen an allen Wänden. Die Ortsausgänge zieren Kapellen und Kreuze, selbst in den Geldbeuteln liegen kleine Madonnen als Schutzpatrone oder Zeugen eines kargen Lebens. Beerdigungen finden unter priesterlicher Obhut statt.

Nur in die Kirche will an einem regulären Sonntag kaum jemand. Sie ist ein schmuckloser Kasten mit einem Turm, wie es sich gehört. Man sieht ihr die ehemalige Werkshalle immer noch an. Ob das der Grund ist?

3 ***Gulag*** *sowjetisches Straflager*

… wird Wirt

Wie jeden Sonntag verkriecht sich Sepp in seine Sturheit und ist einsilbig. »Na! I geh net mit!«

Tante zieht stumm ihre Ausgehuniform an und setzt sich neben ihn.

Verwundert raunzt er sie an: »Verstehst nicht? Du brauchst nicht länger warten. I bleib da!«

Sie wirft einen verstohlenen Blick zur Uhr. In Sepp steigt ein Verdacht auf. Auf wen wartet sie?

»Nur weg!«, flüstert es irgendwo. Da klopft es an der Tür und die Stimme im Ohr trommelt: »Ich hab dich gewarnt!«

»Auf, Sepp, zieh dich an!«, scheppert Christian in die Wohnung und tut, als wäre es seine. »Du kommst mit!« Er hakt den Burschen unter, zieht ihn unterm Kichern der Duda-Töchter vor die Garderobe.

»Wir müssen reden!«

Mit gesenktem Haupt schlüpft Sepp in die Schuhe, geschlagen schleicht er an der Tante vorbei, sieht ihren dankbaren Blick zu Christian und starrt hilflos in die verschmitzten Grimassen der Mädchen. Widerworte sind sinnlos. Sepp kennt die Bestimmtheit, mit der Christian zu herrschen gewohnt ist. Von ihm sind nur Demütigungen zu erwarten.

»Heut isst du bei uns! Zilli macht Schnitzel.«

Und wieder lachen die Mädchen.

»Zeig nie, was du denkst«, hatte der Wirt ihm irgendwann mal geraten! »Ein Gesicht musst du machen, als würdest du nichts denken, aber auch gar nichts.«

Ein zorniger Sepp verlässt die Wohnung. Auf der Straße lässt er sich schon nichts mehr anmerken und man sieht Stolz stattdessen.

»Sei gleichgültig! Oder versuch wenigstens, gleichgültig zu scheinen!«

Der Wirt spaziert mit, aber es ist Christians Hand, die Sepps Schulter packt. Und es ist auch Christians Stimme, die er gerade hört: »Pass auf! Wir müssen eine Entscheidung treffen. So geht es nicht weiter. Du kannst nicht ewig im Wirtshaus rumlungern. Wie sieht das denn aus? Außerdem bist du jetzt alt genug! Musst Geld verdienen, Verantwortung übernehmen. Was willst du denn werden?«

Auch auf diese Frage weiß der Wirt eine Antwort: »Arbeite bei mir. Ich kann einen tüchtigen Kerl wie dich gebrauchen. Vielleicht übernimmst du später auch die Wirtschaft? Dann bist du der Wirt!«

Christian wirft einen grimmigen Blick auf den verstockten Buben und bleibt abrupt stehen, die Hand immer noch auf Sepps Schulter. Der hält die Luft an und weicht dem strengen Blick nicht aus. Die Frauen erkennen den Ernst der Situation und halten Abstand.

»Du kannst im Stahlwerk arbeiten als Walzer«, führt Christian aus, »wie ich! Ich hab schon für dich vorgesprochen! Kannst sofort beginnen. Du hast die Kraft. Es ist ein ehrenwerter Beruf. Hart ist er. Reich wirst du auch nicht, aber er ernährt seinen Mann. Eine anständige Arbeit ist es außerdem! Für eine Familie reicht es, wie du siehst.«

Dann gehen sie stumm weiter. Der Junge soll nachdenken dürfen, bevor er dem Älteren recht gibt.

Die Mädchen laufen hinter den Männern her und erfreuen sich glucksend am Farbenspiel von Sepps Ohren.

»Ich will -«, beginnt Sepp, doch weiter kommt er nicht!

Christian wirbelt herum, packt Resi am Kragen und stößt sie vor sich. »Jetzt reicht es mir! Immer dieses Gekicher. Du läufst vorne und du«, er zeigt auf Lore, »bleibst hinten!« Kopfnuss, sicher ist sicher, und Resi reibt sich den Schädel.

»Also, Sepp! Was gibt's schon wieder an meinem Vorschlag auszusetzen? Was?«

Diesmal unterbricht Lore.

»Ich war's. Ich hab gelacht.«

Das Geständnis besänftigt Christian augenblicklich. Zärtlich antwortet er: »Ist schon recht, aber jetzt bist du wieder brav, ja?« Dann öffnet er seine Faust und streichelt eine Wange.

Am Rand dieser Szene steht Sepp, schaut zu den Schwestern und erkennt die Alternativen.

»Wenn's eng wird, wirst auch mal lügen müssen. Schau den Leuten fest in die Augen! Aber ...«, und hier hat ihn der Wirt kurz angefunkelt, »... ohne mit der Wimper zu zucken! Verstehst? Nichts dürfen die Leute merken! Drum pass auf! Verstehst?«

Es ist eine Formsache. Die Männer stehen sich gegenüber und besiegeln die Verabredung. Walzer wird er. Sicher doch!

Die Tante ist erleichtert, Christian lacht vor Zufriedenheit. Die Schwestern sind auch ganz brav. Sepp offeriert, gelernt ist gelernt, ein kaltes »Hand drauf.«

Er drückt Christians Finger und etwas flüstert: »Der Wirt hat mehr Kraft!«

Zweiter Brief

Liebe …

ich muss immer an Sie denken. Geht es wieder gut? Hat Tante Ihnen auch nicht weh getan?
Sonntag bin ich in der Kirche. Nur wegen Ihnen. Vielleicht sehen wir uns. Ich habe Zeit. Ich muss erst mittag daheim sein.

Sepp

Ich mag Blumen, weil sie schön sind.
Verehrung

Ihr
Sepp

Zeugnis

mittels welchem bestätigt wird, dass oben Genannter in unserem Betriebe tätig war.

Selbiger hat sich in dieser Zeit als gesundheitlich angeschlagen gezeigt, sodass die Tätigkeit als Walzer noch während der Ausbildungszeit abgebrochen wurde. Es wird ihm anempfohlen, einer seinem körperlichen Zustand eher entsprechenden Tätigkeit nachzugehen.

Das Arbeitsverhältnis wurde im beiderseitigen Einvernehmen gelöst.

Der Austritt erfolgt lohnbefriedigt.

Unterschrift/Datum

»Darauf saufen wir einen. Und morgen fängst du bei mir an, Hand drauf!« Der Wirt kann sagen, was er will, Sepp hört alles gern. Am Wirt ist eben alles richtig. Seine ungeschlachte Männlichkeit, die Furcht, die er anderen einflößt, seine grobe, aber echte Sorge um Sepp. Auch dass der Freund alle Gerüchte um ihn kennt und sich einen Scheiß darum schert, bindet Sepp an diesen Mann.

Der Wirt ist sein Lebensmensch!

Das haben auch die anderen erkannt und sagen: »Da haben sich aber zwei gefunden.«

Zweisamkeit

Vielstimmig ertönt der Schrei, lauthals und chorisch; dann sind sie ruhig und lauschen.

»Hörst du die Ketten? Da war was.«

»Nein, da ist nichts ...«

Doch plötzlich, als würde ein Dirigent die Kinder führen, kreischen alle zusammen: »Krampus[4], schwarzer Mann, schau mich nicht so böse an!«

Die Worte verhallen kalt in der Dezembernacht. Die Straßen sind leer, nur die Kinder sammeln sich an der Kreuzung. Die dünnen Ästchen in den umstehenden Hecken bewegen sich im Winterwind. Holz und Kiefer knirschen vor Spannung, man hört Saiten springen. Es wird das Schlimmste erwartet und das Allerschlimmste passiert:

Es passiert nichts.

»Wo ist er? Wann kommt er? Wie wird er sein?«

Wieder tönen Rotzlöffel und Halbstarke: »Krampus, schwarzer Mann ...«

Letztes Jahr war der Laienspieler im Teufelskostüm total betrunken gewesen. Die Kinder hatten leichtes Spiel mit ihm gehabt. Sie schubsten und stießen den torkelnden Chargen,

4 **_Krampus_** _Strafteufel, kommt in der Nacht zwischen 5. und 6. Dezember_

bis er fiel. Am Boden liegend fluchte er wie der gedemütigte Zecher, der er war! Das war kein Herr der Finsternis. Laut und grell belachten die Kinder seine Unbeholfenheit und ein ganz kesser Bursche entleerte seine Blase auf »Krampus, böser Mann«.

Es war ein Debakel. Die Alten schworen sich, die Rolle im nächsten Jahr besser zu besetzen, und holten sich Hilfe vom Fachmann.

»Wo bleibt er nur?«

»Vielleicht schläft er seinen Rausch aus!«

Wieder Lachen.

Die Mädchen schreien, bis die Stimmbänder schmerzen. Die Burschen johlen kurz und wechseln dann zu den Mädchen in die hohen Töne. Dieser gellende Ton führt sie zusammen! Kalte Luft strömt von der Straße in die jungen Lungen. Wunderschön klingt der altmodische Ernst klassischer Verse:

»Krampus, schwarzer Mann,
schau mich nicht so böse an.«

Aufs Wort.

Durch die Hecke springt er, ganz Ziegenfell und Teufelsmaske. Die Trikothose ist so eng, dass viele glauben, er sei nackt. Um die Hüfte hat er eine Kette obszön drapiert, schwer und glänzend hängt ein Ende zwischen seinen Beinen. Die Peitsche steckt in der Kette und diese Peitsche ist echt. Der Teufelsschwanz schleift hinterm Krampus her wie das böse Ende.

»Haaah!«, schreit er: »Haaah!« und »Wer hat mich gerufen?«

Starr steht er da und wartet. Langsam, in Zeitlupe, greift der Rächer aller Kindersünden zur Peitsche, langsam rollt er sie auf. Die Herzen rasen und trotzdem ballt sich Widerstand. Der Reim beginnt von neuem, sie brüllen Angst und Ängstiger nieder:

»Krampus, schwarzer Mann,
schau mich nicht so böse an!«

Da passiert das Unglaubliche.

Die Peitsche knallt laut und böse, doch Krampus hat sie nicht bewegt. Ruhig liegt sie in seiner Hand.

Wieder zerfetzt aufgezwirbeltes Leder die eisige Luft, Krampus lacht, hält sich den Bauch, die Peitsche aber bewegt er nicht!

Erst als sich der dünne Riemen in die Kinder schneidet, Schmerz sie weckt, ahnen die ersten einen Regelverstoß.

Es gibt einen zweiten Krampus!

Unvorstellbar!

Die Teufel preschen in die Kinder, stoßen, kneifen, schlagen das auseinanderspritzende Jungfleisch und heulen wie Wölfe in einsamer Märchennacht. Niemand entkommt ohne Prügel; und doch ist alles ein paar Minuten später vorbei.

Zuhause sitzen die Kinder, viele weinen, andere sind stumm. Aufgeregte Kinder sind die Regel in der Krampusnacht. Doch diesmal gehen die Gefühle tiefer. In ihnen steckt echter Schrecken von der alten Sorte, als man noch alles glauben musste! Er lässt sie zittern und hemmungslos weinen. Die Eltern sind ratlos, sie können sich zwischen Schadenfreude und Reue nicht entscheiden. Alle sind verwirrt.

Wie sollten sie auch das Unglaubliche glauben?

Wer glaubt schon an einen zweiten Krampus?

Dritter Brief

Liebe

Ich hab lange gewartet.
Sind Sie etwa wieder krank?
Haben Sie Schmerzen?
Ich bitte um Antwort.
Bitte.
Lieb sein und antworten.
Bitte.
Sonntag?

Ein sich sorgender
Sepp

Predigt

Im Kirchenschiff verklingen Worte der Vergebung und draußen wartet Sepp. Drinnen scheppern christliche Anekdoten zwischen zierlosen Wänden, vor dem Portal schwitzt ein einsamer junger Mann in sein Blumengebinde. Zufall sorgt für eine passende Begleitung, die schmalbrüstige Orgel intoniert gerade: »Näher, mein Gott, zu dir …«

Sonntag um Sonntag sinkt Sepps Hoffnung, Predigt um Predigt geht sie auf null. Es kommt kein Brief, die Woche verstreicht ohne Nachricht, der Sonntag bleibt ohne Frau.

»Bestimmt sehen wir uns Sonntag in der Kirche«, hat er geschrieben. Jetzt ist Sonntag und er steht allein – vor der Kirche.

Die Spaziergänger staunen nicht schlecht über diesen Anblick. Beim ersten Mal ist er noch Anlass zu Spott. Eine Woche später trägt er aber schon wieder einen Strauß aus und Argwohn macht sich breit.

»In aller Frühe steht er schon auf. Vom Friedhof holt er die Blumen. Die Gräber reißt er auf und stiehlt den Schmuck der Leichen und tut noch Schlimmeres. Verliebt ist er und die Tante darf's nicht merken. Frauen hat er, in jedem Dorf eine! Meine Frau hat er angeschaut, mit einem Blick, also ich kann euch sagen, ein Blick war das … Der arme Kerl kommt in das gewisse Alter. Mir tut er leid! Der findet doch keine, wer will's den Frauen verdenken, und helfen kann man so einem nicht. Na, ich kann mir da schon eine Hilfe vorstellen …«

Der Tratsch summt in Gassen und Wohnungen. Nur am Tresen hält man sich zurück.

Wieder ist Sepp Thema! Oder immer noch?

Doch weiß er das nicht.

Er steht am Eingang zur Kirche, starrt auf seine Fußspitzen und verliert die Zeit. Wie das aussieht, kümmert ihn nicht. Wie das seinen Mitbürgern vorkommen muss, ahnt er nicht. Ihm ist die Welt samt ihren vorbeiziehenden Meinungen fremd geblieben.

Er ist verliebt.

Heute ist Sonntag.

Also:

Sie kommt noch! Bestimmt.

Muss nur warten.

»Psst.«

Im Halbschatten der Kirchenwand, den Mantelkragen bis zur Nasenspitze gezogen, Hut tief in der Stirn, steht sie und hat gerade ihren Freier angezischt. Der Anblick verrät eigentlich schon alles, doch auch damit kennt er sich nicht aus!

»Psst.«

»Sie sind da! Wie ich mich freue!«

Keine Ahnung, der Mann! Sogar den Strauß hält er, als würde er Umarmungen üben.

Er geht auf sie zu, sie packt ihn am Ärmel und zieht ihn hinters Eck. Dort schreit sie ihn flüsternd an.

Vierter Brief, worin viel Verzweifeltes steht

und
bitte
bitte
bitte (nicht mehr böse sein)
bitte

Sepp

Noch ein Brief

Ich war so dumm, so dumm war ich! Ich hab einen Freund gefragt, und jetzt weiß ich, wie dumm ich war! Ich hab ja nie was gewusst und schon gar nichts von Abtreibung! Der Freund hat mir alles erklären müssen, weil die Tante hat nix erklärt. Hätt ich mich doch nur mal früher getraut. Entschuldige meine Dummheit! Jetzt ist aber alles gut und du bist mir hoffentlich auch nicht mehr böse, wo ich dir das alles erklärt hab. Ich will mich aber richtig entschuldigen.
Sonntag?
Bei der Kirche?

Sepp

post scriptum

Die alte Frau ist gerade einkaufen und, ohne viel zu überlegen, ihrer Intuition folgend, verlässt sie den Kaufladen, überquert die leere Straße, wird mit jedem Schritt schneller, springt den kleinen Treppenabsatz in einem hinauf und stürzt rotköpfig und kurzatmig in das schäbige Büro der Gendarmerie.

Im Laden war sie eine klar denkende Frau mit einer Einkaufsliste in der einen und einem Korb in der anderen Hand. Nur eine kurze Strecke weiter hat sich alles verändert.

Der Korb ist im Geschäft geblieben. Das Zettelchen mit der sauberen Schulmädchenschrift schwimmt in einer Pfütze. Ihr weiches Gesicht ist von Anstrengung und Aufregung zu einer grotesken Maske gehärtet.

Der Beamte erkennt ihre Not. Noch im Aufstehen greift er einen Holzstuhl und schiebt ihn mit Schwung unter ihr stürzendes Gesäß.

Er schaut stumm in das bebende Frauengesicht und massiert dienstbeflissen die klammen Damenfinger.

»Wird schon wieder, nur durchatmen.«

Gerade will er nach einem Glas Wasser Ausschau halten, da purzelt aus ihr heraus: »Seit Tagen hat sie sich nicht mehr blicken lassen und man geht sich sonst nie aus dem Weg! Nein!« Die aufgeregte Frau holt Luft. »Ach nein! Wir sind uns nahe, und darum, bitte verstehen Sie mich nicht falsch, nur darum – nicht dass Sie glauben, es wäre Neugier –, nur darum sollte vielleicht ein Beamter vorbeischauen, denn die Tür ist verschlossen und sie ist in der Wohnung, ganz sicher, weil sie ging hinein – zwei Tage ist es her! – und kam seither nicht wieder heraus – seit zwei Tagen! Ja und darum, bitte, wenn es nichts ausmacht ...«

Es macht nichts aus.

Der Polizist setzt seine Dienstmütze auf, meldet sich bei seinem Kollegen im Nebenzimmer ab und geleitet die Frau nach Hause. Auf dem Trottoir steigt ein unablässiges Jammern in ihr auf und schüttelt ihren Körper. Ihre Hände zittern, und der Gendarm muss Kraft aufwenden, um das Häufchen Elend in der Spur zu halten.

Am Siedlungsbau angekommen, bricht sie zusammen, jault »zweiter Stock, linke Partei« und verstummt.

Neugierige Blicke haben das traurige Paar auf diesem Weg verfolgt, und deswegen sind sie, am Ziel angekommen, auch nicht mehr allein, sondern von einer nachrichtenseligen Menge umringt. Ohne Scham folgt sie dem Polizisten ins Treppenhaus.

Ein kräftiger Mann bietet sich an, die Wohnungstür einzutreten. Doch kennt der Beamte die Vorschriften und lässt den Hausmeister rufen.

Die Suche wird sofort wieder eingestellt, da sich der Blockwart in weiser Voraussicht dem Zug angeschlossen hat und jetzt, verfolgt von eifersüchtigen Blicken, zum Kopf der gierigen Menschenschlange vordrängelt.

Die Wahl des passenden Schlüssels zelebriert er, ganz Würdebürger, mit hochgehaltenen Armen für die hinteren Ränge. Den richtigen Schlüssel lässt er einmal über die Köpfe kreisen, um ihn anschließend dem Beamten zu reichen. Schlagartig wird es still.

Die Luft im Flur ist stickig, die Fenster im Treppenhaus sind beschlagen, als Metall auf Metall reibt und das Schloss aufspringt. Der Polizist bittet alle um Zurückhaltung, Anund Abstand und betritt die Wohnung.

Man hält die Luft an und lauscht den Schritten des Gendarmen, dem suchenden Takt eines Detektives. Dann – die Wartenden registrieren es sofort – ist es plötzlich ruhig und mit der Stille drinnen beginnen draußen Spekulationen zu blühen, »Er hat sie gefunden!« … »Wer weiß, was da passiert ist!«, die aber sofort verstummen, als wieder seine Schritte zu hören sind!

Der Gendarm erscheint in der Tür und verkündet leise, ernst:

»Selbstmord!«

Das Wort wird durch die Leute den Flur entlang und das Treppenhaus hinabgeschoben, in die Straße gedrückt und heißt dort plötzlich:

»Umbracht hat sie sich!«

Sie hängt an einem Haushaltsstrick.

Langsam muss sie gestorben sein. Die Wohnung ist niedrig, ein Genickbruch unmöglich. Sie hängt eine Handbreit unterm Zimmerbalken, der scheinbar nur zu solchem Zweck die Decke unterteilt.

Erwürgt, langsam, endlos endgültig. Das blaue Gesicht, die schreckgeweiteten Augen erzählen das. Der Knoten am Strick, die Fallhöhe, ihre von Marter und Verzweiflung geformte Fratze erzählen von einem unprofessionellen Ende. Was bleibt, ist dieser Anblick. Ob sie das gewollt hat?

Die Menschen, die sie sehen – der umsichtige Beamte hat nur Arzt und Kollegen an den Tatort gelassen –, sagen:

»Aus dem Leben gerissen.«

Weiter unten, immer noch an die Wand gelehnt, kauert die Nachbarin und murmelt:

»Ich hab's geahnt.«

Auf und aus

Schubladen sind Schatzkisten. Nicht nur Kinder können sich ihrer Faszination nicht entziehen. Von Schrauben und anderen Nutzgegenständen über Spielkarten bis zu Erinnerungsstücken wie Fotos, Postkarten, Briefen reicht die Palette der zu entdeckenden Schätze.

Hier schürft man sich in die tieferreichenden Schichten der Vergangenheit und findet Parteiausweise, Zeugnisse in fremder Schrift, vergessene Post- und Kondolenzkarten, abgelegte Eheringe und vieles mehr.

»Mama! Wer war Rudi?«

Wie ich dieses Schulterzucken hasse.

Der Ort des zeitweiligen Vergessens liegt neben der Lade fürs Geschirr und ist bis in die Ecken angefüllt mit vergangenen Alltagen.

Dieser Abgrund, der Unangenehmes wie auch Unwichtiges verschlingt und Jahre später Finder beglückt oder erbende Nachfahren vor Rätsel stellt, ist das Ziel suchender Seelen an langweiligen Nachmittagen. Nicht nur Kinder, wie gesagt, trösten sich hier stöbernd durch einen ansonsten trostlosen Pflichttermin. Während die Familie bei Kaffee und Kuchen durchhängt, geraten auch verzweifelte Erwachsene in den Sog der Holzkiste.

Großmutters Schublade ließ unsere Herzen hüpfen.

Ob des Gendarmen Herz heftiger schlug, während er die Schubladen der Toten durchsuchte, weiß ich nicht.

Ob das Beamtenorgan zu hüpfen begann, als er Sepps Briefe entdeckte und ihren Inhalt las?

Vielleicht, ich weiß auch das nicht.

Dass er die Briefe in einer Schublade fand, weiß ich.

Der Weg ist das Ziel

Der Mann nennt seinen Namen, den Dienstgrad und zuständigen Amtsbezirk. Dann eröffnet er der schreckensstarren Tante einen Haftbefehl, übersetzt das juristisch-medizinische »Abortus« mit dem gebräuchlicheren »Abtreibung«, zählt Paragraphen auf, empfiehlt der immer noch regungslosen Frau, Kleidung für die Zeit der staatlichen Verwahrung mitzunehmen, hilft ihr beim Packen und geleitet sie in das vor dem Haus wartende Auto.

Tanten fangen ist eine der leichteren Übungen im Leben eines Polizisten.

Das erste Mal in ihrem Leben sitzt Tante in einem Auto. Das erste Mal bewegt sie sich mit dieser Geschwindigkeit. Sie ist gerade verhaftet worden, auch das ein erstes Mal, und denkt: »Noch nie saß ich in einem Auto!«

Das hohe Tempo setzt ihr zu. Ihr Oberkörper fällt in die Kurven und pendelt ungelenk Kräfte aus. Hilflos gibt sie bald jede Gegenwehr auf und baumelt den Schwüngen machtlos ausgesetzt hinterher.

Meter um Meter, Stück um Stück fällt jene Sicherheit von ihr ab, mit der sie bisher durchs Leben marschierte.

Die vorbeifliegende Landschaft ist ihre Heimat und doch ist sie fremd. Kaum glaubt sie einen Hügel wiedererkannt zu haben, hat er seine Position und Perspektive verändert und erinnert nur noch an die vertraute Anhöhe. Minuten später ist er in weite Ferne gerückt, ist einer unter vielen, kaum noch die Assoziation von einem Hügel, sondern ein wertloses Detail in diesem Meer vorüberrauschender Eindrücke.

Da draußen, das ist ihre Heimat. Jeden Stein kennt sie. Die Senken und Erhebungen der Landschaft hat sie viele Male durchwandert. Jetzt fliegt das alles in Fetzen am Fenster vorbei, ist, kaum registriert, auch wieder vergessen. Da draußen, das war ihre Heimat. Die Leichtigkeit, mit der das Auto Distanzen und Steigungen meistert, Steigungen nimmt, die sie selbst in Stunden und mit großer Ausdauer erklommen hatte, ist unglaublich.

Im selben Tempo löst sich ihre Souveränität auf und im Untersuchungsgefängnis angekommen, ist der Mensch wie ausgelöscht. Übrig bleibt Gleichgültigkeit. Richtig, falsch, gut, böse, diese wichtigen Parameter ihres bisherigen Lebens sind unter die Räder geraten, auf der Strecke geblieben.

Die Fahrt in die Unfreiheit wird zur Zeitreise. Eingestiegen ist eine selbständige Frau, ein staunendes Kind beendet die Fahrt.

Das Folgende ist nicht dazu angetan, etwas von ihrem verlorenen Menschsein zurückzubringen. Staatsanwälte, Verteidiger, Anklageschriften, Gutachten, Verwaltungsnummern, Anstaltsessen; die Entmündigung geschieht mit System.

Sie sitzt mit einer Selbstverständlichkeit in der Zelle, die ihre Besucher erschreckt. Den Anschuldigungen tritt sie mit Gleichmut entgegen, der ihren Verteidiger resignieren lässt.

Der Ankläger tut sein Möglichstes. Christ durch und durch, bemüht er eben jene Rhetorik, die man in den Kirchen des Umlands vergebens sucht. Er fühlt sich vom Gerechtigkeitsempfinden der christlichen Kultur getragen. Auf dem Höhepunkt seiner abendländischen Klage bricht die Vergangenheit als Volksrichter durch und der ehemals großdeutsche Jurist lässt vernehmen: »Diese Frau gehört in den Ascheimer der Volksgemeinschaft!«

»Amen« antwortet ein mitgerissener Zuhörer, worauf der Vorsitzende tatsächlich Ordnung und Disziplin anmahnt. Recht so!

Nach einem letzten Wort vor der Urteilsverkündung gefragt, ruft die Angeklagte: »Jetzt ist der Bub ganz allein!«

Das Urteil scheint sie nicht mehr zu registrieren, es ist ein Todesurteil: 5 Jahre.

Vernichtet ist sie schon.

Allein

Nichts hat ihn darauf vorbereitet.

Allein ist Sepp in der Wohnung, hört das Ticken der Küchenuhr. Es ist Abend. Tante und er sitzen am Tisch und spielen Karten; irgendein Kartenspiel, ein bisschen Strategie und viel Zufall. Sepp teilt aus und gewinnt.

Teilt aus.

Und verliert.

Und.

Allein sitzt Sepp in der Wohnung, hört das Ticken der Küchenuhr und Tante steht auf, gähnt und beugt sich über ihn, küsst seine Stirn. Sie streicht durch sein Haar. Er spürt ihre kräftigen Finger und später – was hat sie nur die ganze Zeit getan? – hört er ihren Gute-Nacht-Gruß.

Allein ist er zuhause und über ihm tickt die Uhr. Die Karten lässt er liegen und geht zur Spüle. Er wäscht sein Gesicht, wie sie es ihm gezeigt hat, putzt seine Zähne, außen und innen, links nach rechts, wischt sich durch Achseln und Schritt, was sie immerzu anmahnte, und geht zu Bett.

Dort tickt die Uhr.

Allein ist er und hört sie rufen: »Gute Nacht, schlaf gut.«

Er schließt die Augen und sieht sie. Er sieht sie schlafen, spürt, wie ihm die Augen brennen, und schließt die Augen.

Sepp hört die Uhr ticken.

Schlaf. Endlich.

Allein, mitten in der Nacht, steht er auf und sagt zu ihr, die auch schon wach ist, »Guten Morgen, Mama«, legt sich in ihr leeres Bett, schläft und träumt, er sei wach und Tante mache Frühstück.

Die Uhr, diese Uhr!

»Mama«, ruft er in der leeren Wohnung, »Mama« wirft er zwischen das Ticken. Wie oft wollte er Mama zu ihr sagen und jetzt ist der Zeitpunkt gekommen, alle sollen es hören und die Nachbarn hören ihn, mitten in der Nacht, wie gesagt.

Die Uhr aber, die Uhr hören sie nicht!

»Mama?«

»Mama ist nicht da.«

»Wo ist Mama?«

»Weg.«

»Wo ist weg?«

»Weit weg.«

»Und wann kommt sie wieder?«

»Weiß nicht.«

Pause, es sammelt sich Wut und auf los geht's los:

»Mama!!!«

Man sollte meinen, dass der schon allein sein kann. Er ist ja kein Kind mehr. Er ist kein Kind, das weiß Sepp und versucht, erwachsen zu sein.

»Lass uns spazieren gehen, Mama.«

Der Besuch kommt unverhofft. In ein mit Trägheit und Langeweile vollgestopftes Familienidyll platzen Sepp und –

»Wir sind's nur ...«, ruft Sepp durch Cäcilia hindurch zum Duda-Rest, der zusammenschreckt. Höflich lachend nimmt er Platz, nimmt sich allen Raum, redet los und die Überfallenen zeigen keine Gegenwehr, hören zu und nicken.

Cäcilia hält sich an Christian fest. Resi und Lore stehen an die Wand gelehnt. Sie lachen nicht. Der Besuch fühlt sich wohl. Wie ein Uhrwerk redet er in dieses Schweigen hinein, plappert für zwei und bald für mehr. Die Familie starrt stumm zurück und hört fremde Geräusche.

»So schön war es schon lange nicht mehr bei euch«, sagt einen kurzen Augenblick und Stunden später Sepp und droht: »Das müssen wir bald wiedermachen!«

Dann tötet er jede Hoffnung und singt zu seiner linken Schulter: »Lass uns gehen, du bist sicher müde!«

Mama geht mit.

Überall und immer ist sie jetzt dabei.

Endlich stellt er sie auch dem Wirt vor. »Stell dir vor! So ist sie. Genau so!« Mit funkelnden Augen spricht er von Mama, legt seine Kameradenhand auf die Kameradenschultern und schwärmt: »In Wirklichkeit ist sie noch viel besser!«

Ein fragender Blick streift Sepp.

»Viel besser, sag ich dir!«, wiederholt der.

Der Wirt kann sich nichts mehr vorstellen. Gesenkten Hauptes sucht er eine Antwort und findet keine. Plötzlich umarmt ihn Sepp. Eine flache Hand klopft auf seinen Rücken und dann hört er ein Flüstern: »Was meinst du? Sie ist lieb, nicht wahr?« Es wird nass am Hals. »Ist sie doch?« Leise, damit sie's nicht hört!

Der Wirt will ihm eine reinhauen, ihn aufwecken, durchschütteln. Mit Gewalt den Sepp wieder normal machen. Er muss nur die Fäuste heben, einen Anfang machen, Worte kommen später und dann – bestimmt! – wird der Sepp endlich wieder normal sein ...

Doch Sepp ist wieder schneller. Er lacht auf.

»Ich wusste, dass du sie mögen wirst!«

Der Wirt kommt einfach nicht zu sich. All sein Hass, die Gewalttätigkeit und Aggressivität sind scheinbar kaputt. Der da erinnert nur an den Wirt.

Von Ameisen und Schnitzeln

Von Ameisen sagt man, dass erst das Ganze ein funktionierender Organismus ist. Nur die Summe aller Individuen sind Körper und Geist, und das klingt so gesund, dass es schon deswegen nicht ganz stimmen kann!

Man macht den Test, geht zum Bau und haut ein Loch.

Nervenbahnen werden befahren, Synapsen glühen, Knotenpunkte schwellen an und der Prozess der Gesundung beginnt. Abstoßung und Gegenwehr ist im Gange. Es summt. Der Organismus produziert Heil- und Botenstoffe, Genaues weiß man nicht, aber es kommt zu Verklumpungen.

Irgendwann ist wieder alles gut.

Durch die geschlossenen Gardinen gießt sich grau und stumpf Licht in die Stube. Jenseits der Vorhänge pilgert Hönigsberg auf gewohnten sonntäglichen Bahnen. Christian beobachtet die mehligen Schatten auf der Straße, wie sie im Fensterrahmen erscheinen, um kurz darauf genauso unvermittelt zu verschwinden. Er wendet den Blick vom monotonen Schauspiel der Straße ab, um den geschäftigen Rücken seiner Gattin in Augenschein zu nehmen. Lore kauert neben ihm, lümmelt zwischen Tischkante und Vater eingeklemmt und beobachtet den aufsteigenden Schaum in einer Bierflasche, wie er den Hals hochklettert und an der Luft angelangt gleich wieder kollabiert.

Resi assistiert der Mutter beim Schnitzelbacken. Die Wanderung wurde kurzerhand gestrichen, der Blick aus dem Fenster verboten – Dekret vom Vater.

Draußen ziehen die Gerüchte immer engere Kreise. Die Prozession ins Gasthaus wurde stark verkürzt, um Zeit für Beratungen zu gewinnen. Die Männer am Tresen wie die Kinder auf dem Vorplatz haben dasselbe Thema. Man beißt sich an der Sensation fest. Die Gespräche folgen einem uralten Instinkt.

Alles spinnt.

Das Geheimnis liegt in der Zubereitung. Natürlich muss das Fleisch gut sein, natürlich. Aber wer steckt da schon drin? Letztlich heißt es beten und dem Fleischer vertrauen. Schwein am Stück liegt vor Cäcilia, aufschneiden muss man selber, das ist das A und O, nur das garantiert maximale Kontrolle. Während ihre Tochter Eier für die Panade aufschlägt, schneidet Cäcilia mit bewundernswerter Gleichmäßigkeit das Fleisch in fingerdicke Scheiben.

Viele treffen sich schon am Hauseingang, verbinden sich zu wandelnden Sprecheinheiten, sozusagen ein Warmmachen vor dem eigentlichen Match. Wie siamesische Zwillinge mit zusammengewachsenen Köpfen schlafwandeln sie durch die wenigen Gassen und poltern ihre Gedanken um die Wette.

Das Fett wird aus den Scheiben gelöst und aufbewahrt. Die präparierten Teile kommen unter den Hammer. Die Schläge dürfen nicht zu heftig sein, sonst verliert das Fleisch an Konsistenz und Halt. Unterm richtigen Druck gewinnt die Scheibe an Größe und Weichheit.

An den Kreuzungen treffen sich Einzelne und Paare, verbinden sich dort zu Truppen, die, angeführt vom Bedürfnis, im Großen und Ganzen aufzugehen, dem Gasthaus zuströmen. Das Summen der Menschen verstärkt sich von Kreuzung zu Kreuzung.

Die Fettstücke werden mit Schweineschmalz in der Pfanne erhitzt. Das Fleisch wird gesalzen und zuerst in Mehl gewendet, darauf durch ein Eiermilchmischmasch gezogen, um zur Krönung in einem Bett aus Semmelbröseln zu landen und dort, von hellbraunem Korn umschlossen, zu ruhen. So findet Scheibe zu Scheibe und bilden Schmalz und Fett eine dunkle Pfütze.

In der Nähe des Gasthofs angekommen, erinnern die Laute nicht mehr an Stimmen. Das mechanische Zusammenwirken von Muskeln, Bändern, Zähnen und Kiefern, Luft und Spucke, das erst Sprache ermöglicht, ist offensichtlich. Man hört Klappern und Zischen, ein hochfrequentes Quietschen aus den Mündern. Motorengebrumm und dampfheißes Pfeifen. Alles ist Mechanik.

Geschälte Knoblauchzehen müssen ins Fett fürs Aroma, das Feuer wird auf kleine Stufe gestellt. Die Töchter geben den Fleischstücken Namen, und so liegen Afrika und Österreich neben Hundekopf und Waschlappen. Aus dem heißen Fett steigt langsam und spritzend Bräune in die Kontinente, Länder und Gestalten. Es heißt aufpassen, denn die frittierte Panade dunkelt an der Luft nach und manch ein goldgelbes Wunder wird, bei Licht besehen, zu schwarzbraunem Müll. Timing ist alles.

Das Problem ist ja bekannt, es werden nur Neuigkeiten ausgetauscht. Der Wirt tratscht aus dem Intimbereich einer

Freundschaft, die nie eine war. Entrüstet formuliert er ein Dementi nach dem anderen, als seine Nähe zum »Problem« diskutiert wird. Seine Gefährlichkeit ist weg, nichts erinnert die Bürger mehr an ihren Respekt vor seiner Urgewalt. Er fügt sich der neuen Rolle.

Der Tisch wird von den Töchtern gedeckt, zu den Schnitzeln gesellen sich Gurken-Kartoffel- und Bohnensalat, dazu dunkles Brot. Die Familie legt sich nur das Schnitzel auf den Teller. Brot bleibt auf der Tischdecke, Salat wird aus der Schüssel direkt in den Mund verfrachtet. »Sonst schmeckt es nicht.«

»Der Junge ist eine Gefahr!« – Das stand schon vorher fest und wird nur noch vielberedt untermauert und festzementiert. Wichtiger ist die heißdiskutierte Frage nach der Lösung: »Was tun?«

Die Familie lümmelt satt um die leeren Teller und Schüsseln. Das Licht ist immer noch mehlig. Die Ruhe im Zimmer summt in den Ohren. Christian streicht über seinen Bauch und verkündet mit wenig Überzeugung: »Ah.«

Was tun?

Von Ameisen sagt man, dass danach alles aussieht wie zuvor. Jedenfalls sieht man nichts mehr und merkt erst wieder was, wenn einer ein Loch schlägt.

Lobotomie

Waren es Wochen oder nur Tage, die Sepp allein ohne Tante lebte? Wurde er offiziell oder heimlich abgeführt, von Nachbarn denunziert oder von Verwandten eingewiesen?

Wie kam Sepp in diese Anstalt?

Auch hier heißt es wieder nur: Ich weiß es nicht.

Dieser junge Bursche mit dem schrecklichen Ruf ist ohne Halt. Keine Mutter, keinen Vater. Er schreit rum und ist ein bisschen unheimlich.

Irgendwer wird gesagt haben: »Der redet mit niemandem!«, und dabei wird geflissentlich übersehen, dass niemand mit ihm reden will. Jemand wird gedacht haben, es gibt Regeln und sicher ist sicher! Eines Tages sitzt er jedenfalls in der Abteilung für Neurochirurgie einer größeren medizinischen Verwahranstalt irgendwo in Österreich.

Wie es dort aussieht?

Was man Anstaltsleben nennt, Kinder-, Siechen- und Armenheime, Irrenanstalten, ist dunkel, eng und schmutzig, das volle Programm. Es riecht, wie es aussieht.

Kreaturen, offiziell Patienten gerufen, nackt, verkrätzt, an Ketten, stinkend allemal, stehen, liegen im Unrat. Nur die Pfleger kommen mit der Wirklichkeit aus Scheiße und Schmerzen in Kontakt. Patienten liegen zu sechst oder acht in einem

Zimmer, wer Glück hat, wacht in einem Flur auf. Der OP und die Untersuchungszimmer mit den Ärzten hingegen sind leer, gepflegt und sauber. Dazwischen eilen Angestellte jeglicher Couleur hin und her; Helfer und Quäler, feine und grobe Geister, Menschen halt. Darüber gibt es Bücher und Filme.

Schließlich thront über allen ein weißgewandeter Heiler, »Chefarzt« lautet der offizielle Titel.

Sepps Chefarzt ist Anhänger einer Methode, eines Heilgedankens, den er zum Wohle der Menschheit in seelenloser Nächstenliebe an seinen Patienten anwendet. Er spaltet gerne Hirne.

Das neurochirurgische Institut, dessen Namen niemand mehr erinnert und das in Wirklichkeit eine Irrenanstalt mit medizinischer Betreuung ist, wird geführt von Dr. van Helsing. Er ist Fachmann für Bewusstseinsstörungen jeglicher Art und ihrer chirurgischen Entfernung; ein Meister der Lobotomie.

Und Lobotomie, dieser Zungenspringer, Mundschmeichler, eine Stimmübung, fast ein Bonmot, ist etwas nüchterner betrachtet die operative Durchtrennung der vom Stirnhirn zu anderen Hirnteilen ziehenden Nervenbahnen. Und sie ist damals unglaublich populär, das Neueste aus Amerika, sagt man, obwohl sie in Amerika gar nicht erfunden, nur perfektioniert wurde!

Diesem Einschnitt hält keine Macke stand, leider auch sonst nicht viel. Der Eingriff ist von sagenhafter Radikalität und beispielloser Wirksamkeit. Es gibt Menschen, die trotz eines Kopfschusses noch am Leben und bei Verstande bleiben, doch gibt es niemanden, der nach einer Lobotomie so etwas wie ein eigenständiges Leben leben kann.

Gleichzeitig hat Sepp wenig Chancen gehabt, aus diesem Leben unbeschadet rauszukommen. Die Lobotomie am Schluss ist ein unterhaltsames Detail, dieses Detail hätte aber auch Verwahrlosung, Arbeitsunfall, Kriegsschaden, Schlägerei, Alkoholismus, Einsamkeit heißen können.

Niemand konnte Sepp retten.

Er war unrettbar.

Und im Nachhinein scheint er nur geboren, um einer medizinischen Idee zur Verfügung zu stehen wie eine Laborratte oder Fliegenzucht. Es ist aber Zufall.

Wie ist Sepp da nur wieder reingeraten?

Rasierter Schädel voran und an die Bahre gegurtet, so werden die Kandidaten in den OP verfrachtet. Die Riemen verlaufen in züchtigen Parallelen über Knie, Becken, Brustkorb, Stirn. Die Hände sind mit Lederschlaufen an den Hüftgurt gezurrt.

In dieser Position liegt er schon seit einer Stunde, bis zur Halskrause vollgepumpt mit Beruhigungsmitteln, in willenloser Gleichgültigkeit und wartet. Wartet auf – egal.

Nicht einmal den Hunger spürt er. Acht Stunden vor der Operation darf der Patient nichts mehr essen. Da Sepps Eingriff auf die Mittagszeit gelegt wurde, ist er schon mehr als die vorgeschriebene Zeit ohne Nahrung. Doch die Chemie hat alle Meldungen blockiert.

Auch die Totalrasur ist nur eine Randnotiz in Sepps gedämpfter Gefühlswelt. Ein Manisch-Depressiver, der in seinem

Brotberuf Friseur war, bevor er die Karriere als Vollzeit-Patient einschlug, erledigt diese Arbeit. Ebenso ruhiggestellt wie der einsitzende Anstaltsrest, schneidet er Sepps Haupthaar mit einer unheilvollen Mischung aus Gleichgültigkeit und Schwung, sodass die nackte Kugel über und über mit kleinen Blutstropfen besprenkelt ist und mehr an eine pubertäre Rasierübung erinnert als eine professionelle Arbeit. Aber diese Information ist im feinen Netz der Blocker verschwunden.

Es hätte diesen medizinischen Aufwand nicht gebraucht. Das kleine Überbleibsel an Selbständigkeit, das Tantes Verschwinden übriggelassen hatte, wurde durch den Aufenthalt in der Klapsmühle weggewischt.

Sepp wird vorbereitet, vermessen und dann zu Dr. van Helsing durchgestellt. Der Arzt heißt nicht so, niemand weiß mehr, wie dieser Schlächter hieß, der Sepp das antat.

Er steht mit Schwestern und Jungärzten um Sepp. Wahrscheinlich lobt er gerade noch die Vorteile seiner Lieblingstechnik. Da van Helsing keine Lust auf Nachuntersuchungen oder Beobachtung seiner Patienten hat, sieht er sich im Nutzen dieses Eingriffes bestätigt. Der unkonzentrierte Menschenbrei, der unter seinem Messer entsteht, bleibt mechanisch gesund und benimmt sich auch nicht mehr daneben, soviel er weiß. Mehr will er nicht wissen. Sein berühmter Doktorvater hat diesen Eingriff gerne vor Publikum durchgeführt, manchmal Dutzende Eingriffe am Tage, viertausend am Ende seines unseligen Berufslebens.

Van Helsing ist aus diesem Holz. Als Arzt alter Schule diagnostiziert er zuerst ein gesellschaftliches Problem, indem er die sprunghafte Zunahme psychischer Krankheiten behauptet, und verkauft dann seine Lösung. Ein scharfes Messer. In der Zukunft wird eine niedliche Pille reichen. Geld verdienen heißt das Spiel zu allen Zeiten.

Van Helsing kann jedermann versprechen, dass Sepp keine Frau mehr überfallen wird. Das hat Sepp allerdings schon vor der Operation nicht getan.

Das drollige Paket, zu dem er zusammengeschnürt wurde, steht mittlerweile im OP neben dem dozierenden Chirurgen. Maschinen surren angenehm, es riecht nach Putztag, und die vermummten Doktoren sehen so schön und ästhetisch aus, dass es selbst Sepps gefühlsgehemmtem Blick schmeichelt.

Das Tuch, das jetzt auf Mund und Nase gelegt wird, riecht angenehm sauber und dokumentiert im kleinsten Detail noch den Unterschied zwischen Arzt- und Patientenwelt. Chloroform tropft langsam in diese strahlend weiße Sauberkeit, sie wird sogar noch weißer und immer weißer.

Die Tropfen und das halbvermummte Anästhesistengesicht sind die letzten Eingaben in das funktionierende Hirn.

Erst verengt sich das Blickfeld. In rasender Geschwindigkeit klappt dann Schwärze vors Weiß. Ein letzter hoher Ton summt in der Dunkelheit, ein Gedanke bricht in der Mitte entzwei, Sepp will ihn noch festhalten und weiß nicht, welchen Splitter greifen, und dann ist nichts mehr, echte, unbeschreibliche Existenzlosigkeit.

Kein »ich«, kein »du«, nur noch null Komma null.

Jenseits dieser Leere bricht Geschäftigkeit aus.

Aus

Es gibt kein Erwachen. Man schläft ein und wird nie wieder wach.

Sepp sitzt aufrecht in seinem Bett. Ein Turban ziert seinen Kopf. Er schaut in die Welt, doch zwischen ihn und diese Welt hat man einen groben Pflock getrieben.

Einzelne Erinnerungen schwimmen wie Eisschollen am Rande eines Polarmeers durch die Belanglosigkeit seiner postoperativen Wirklichkeit. Sie driften langsam in wärmere Gefilde und verlieren mit jedem Meter, den sie zurücklegen, an Größe und Gewicht, bis sie mit der Unendlichkeit verschmolzen sind.

Das war's.

Alles ist gesagt und niedergeschrieben. Es gibt keine Fakten mehr, auch keine Erfindungen mehr, die meine wenigen Fakten zusammenhalten sollen. Das war's.

Ein Leben wurde begonnen und beendet, auch wenn das schiere Leben wahrscheinlich noch einige Jahrzehnte weitergeht.

Nur weiß es das nicht.

Was dann geschah

Ein Sepp, später

An Cäcilias letztem Geburtstag, knapp 4 Monate vor ihrem Tod, waren mein Bruder Josef und ich zu Besuch in Hönigsberg. Wir folgten der Sorge »wer-weiß-wie-lange-noch« und taten gut daran. Oma war entzückt und wir waren es auch.

November war es, aber es lag schon Schnee, die Straßen waren vereist. Unser Auto quälte sich mit Sommerbereifung durch einen Wintertag mitten im Herbst. Wir beschlossen, noch am Ankunftstag eine Werkstatt aufzusuchen und den Wagen kältefest machen zu lassen.

Gleich nach der lautstarken Begrüßung durch unsere schwerhörige Oma machten wir uns auf die Suche und fanden neben dem Wirtshaus an der Hauptverkehrsstraße eine Tankstelle.

Zwischen den Zapfsäulen für Super und Normal aufgestützt, stand ein alter, tattriger Mann. Neben ihm, in Latzhose, Arbeitsparka, Gummistiefeln und mit kunstfellbesetzter Schirmkappe, alles Ton in Ton und ganz Shell oder Aral, lehnte der Tankwart.

Mit unserer Ankunft unterbrachen wir eine lautstarke Konversation. Während der Herr über Literpreise und Oktanzahlen den Alten anbrüllte, schüttelte dieser in stoischer Beharrlichkeit seinen Kopf. Wir glaubten, in einen gewaltigen Streit geplatzt zu sein. Doch verriet das Gesicht des Tankwarts keine Verärgerung, nicht einmal Erregung. Auch fehlte es der Schreierei an Hitzigkeit. Mein Bruder begann kichernd über die Schwerhörigkeit eines ganzen Landstrichs zu spekulieren.

Wir erklärten dem Tankwart unsere Not mit Kühlflüssigkeit und Bereifung. Schweigend hörte er uns zu.

Dann begutachtete er unser Nummernschild.

»Deutschland.«

Wir nickten.

»Warum?«

Als Söhne einer Einheimischen verstanden wir sofort. Provinz ist ein Planet, dessen Pole Neugier und Misstrauen heißen. Zwischen solchen Gegensätzen herrscht ein entsprechend raues Klima. Die Temperaturunterschiede sorgen für Erosion, kurz: Alles schrumpft! Was vorher Körbe füllte, passt nun ins Einmachglas. Sprache wird eingekocht.

»Warum« war in garem Zustand ein ganzer Satz und lautete: »Warum seid ihr hier? Was hat euch hierherverschlagen? Ist die Autobahn gesperrt? Habt ihr euch verfahren?«

»Warum?«

Ich antwortete mit meinem Rudimental-Steirisch:

»Unsre Großmutter hat Geburtstag!«

Jetzt wollte er mehr wissen:

»Wer?«

Und wir hielten uns an die Regeln:

»Duda, Cäcilia!«

Plötzlich war er nicht mehr zu halten! »Nein, nein, ist das

möglich?« Er unterbrach die Arbeit, lehnte sich ans Auto, verschränkte die Arme und lachte. »Ja was, die Zilli hat Geburtstag. Wie alt wird sie denn?«

Wir strengten uns an.

»Sag«, – er meinte mich –, »dann bist du der Sohn von Lore?«

Wieder Nicken.

»So klein warst du, auf meinem Schoß bist du gesessen, brav warst du, ja, und die Lore, wie geht's der Lore?«

Herzlichkeiten reihten sich artig aneinander, und während er Erinnerungen und Gemeinsamkeiten zu einer Hymne an die Vergangenheit addierte, stand der alte Mann immer noch zwischen den Zapfsäulen und wackelte mit dem Kopf.

Glasklarer Rotz rann aus seinen Nasenlöchern und parkte auf einer schlecht rasierten Oberlippe. Der Pulk aus Glibber wurde bei überschrittener Lagerkapazität weiter in Richtung Kinn bugsiert. Dort tropfte er auf ein altes Tweed-Jackett und versank stumm im Stoff. Wahrscheinlich bildete der Rotz einen unterirdischen See und wartete nur auf Entdeckung.

Wir zwinkerten uns schauerschwanger zu.

Der Tankwart monologisierte sich weit weg aus diesem Tag. Der Alte starrte ins Nichts. Seine Augen schienen in die Höhlen geklebt, die Lider vom Muskelschwund befallen. Wir starrten voller Neugier und ohne Verlegenheit zurück.

Plötzlich erwachte der Tankwart aus seiner Erzählung, wandte sich ihm zu und brüllte auf ihn ein:

»Sag mal, Sepp, kennst du die Cilli?«

»Ja«, sagte er, »s'ist meine Schwester!«

Semmeringbahn und dann der Bus

Mit der Semmeringbahn (Weltkulturerbe) von Wien kommend, bemerkt man die Steigung nicht gleich. Der Zug treibt noch eine Zeitlang durch städtische Zivilisation, dann plötzlich dominiert Grün statt Grau und es tut einen Ruck, der Waggon hebt ab. Es geht hinauf.

Ein bisschen wie Fliegen ist das, nur eben in Zeitlupe, und das ist schön. Die Maschine zieht mit Kraft, man spürt das Gewicht der ganzen Sache, die Fahrt wird immer langsamer und die Halte werden öfter.

»Die Toilette nicht im Bahnhof benutzen!« steht da geschrieben, der Pissstrahl klatscht direkt auf die Schwellen. Wieder keine Blume getroffen.

Dann dreht der Zug eine Ehrenrunde um ein Gehöft ganz oben auf einem Felsen. Auf der anderen Seite ignorieren sich die Kühe. Stundenlang.

Dann geht's wieder runter und jemand sagt: »Mürzzuschlag!« Das klingt nach Aufprall und ist die größte Stadt weit und breit.

Aussteigen und gleich am Bahnhof vis à vis wartet schon der Bus. Und in kurzer, schneller Fahrt wird alles wieder hässlich.

»Nächs'er Hal' Hö – xx – erg«, knirscht es aus dem Lautsprecher. Man muss sich den Rest denken.

Hönigsberg, ein letztes Mal

Alles wird sich ähnlich im modernen Österreich und die regionalen Eigenheiten werden weniger. Traditionen schlafen ein, wenn sie nicht der Tourismus am Leben hält. Die Nivellierung beginnt in den Großstädten und rutscht dann über Kreisstädte und Provinzmetropolen ins Land.

Der Spaziergänger muss in Hönigsberg auf den Verkehr achten, er ist seltener geworden, aber rücksichtslos geblieben! Am Wochenende rast ein Teil der jugendlichen Bevölkerung mit Alkohol im Blut und vier Ventilen pro Zylinder einem baumbestandenen Tod entgegen. Die Überlebenden ziehen weg. Tankstellen schließen spät, der einzige Supermarkt ist früh zu.

Dieses Jahr tragen die modernen Damen das Haar hinten kurz und vorne lang oder andersrum, frecher »Look« der Siebziger oder Neunziger eben. Die anderen machen's anders. Ist alles schon mal da gewesen ...

Tennis ist beliebt, es braucht nur zwei zum Spielen. Man steht am Rand und schaut Bekannten beim Schlagabtausch zu. Fußball wird kaum noch gespielt. Die Jungen sind weg.

Eisstockschießen ist out. Die Alten sind weg.

Die Scheidungsrate harmoniert mit dem Landesdurchschnitt, die Kindersterblichkeit liegt etwas darunter, das Altersmittel darüber.

Die Stahlwerke dümpeln synchron mit der weltweiten Stahlkrise dem Schicksal eines unbedeutenden Industriedenkmals entgegen. Kurzarbeit und Frühpension sind feste Bestandteile der Beschäftigungspolitik; Dienstleistung im Kommen. Alles modern und mit der Zeit. Gerade heißt es, die Industrie kommt zurück. Mal sehen.

Arnold Schwarzenegger hat Verwandte in der Gegend! Hat er? Thomas Muster ist auch Steirer, aber »von wo ganz anders«. Und Peter Rosegger sowieso. »Wer?«, hör ich jemanden rufen und beantworte die Frage nicht.

Dass die Jelinek in Mürzzuschlag geboren? Schulterzucken. Immerhin kennt man sie von den Wahlplakaten der FPÖ.

Die Welt ist klein, Zeit relativ und das Gedächtnis der Leute eine Katastrophe. Entweder vergessen sie alles oder nix.

Eine Frau beschreibt amüsiert das Geräusch, wenn man einen Ausländer überfährt. Jemand hebt abwiegelnd die Hände und erklärt in meine Richtung: »Er ist ein Steirer, er sieht nur nicht so aus.«

Ich kannte diesen »Joke« schon aus einer Theaterkantine in Berlin. Auch Witze brauchen ihre Zeit in die Provinz.

Bleibt man länger als einen Tag vor Ort, wird man sentimental. Man hört sich sagen: »Früher war es anders.«

»Wie es früher war«, darüber gehen die Meinungen auseinander. Ich sage nur Sepp. Aber man sitzt einsam da, gehört nicht richtig her, will gerade aber auch nicht weg, denkt an die Oma, ist traurig und nicht nur deswegen ein bisserl dumm!

Dann glaubt man tatsächlich, früher war es anders. Schaut aus'm Fenster, sieht, wie der Schnee fällt, Hönigsberg langsam im Schnee versinkt. Autos verschwinden im Weiß, Fassaden werden nass und Menschen mutieren zu Stoffkegeln. Zwei Kinder toben durch die Straßen. Watte quillt aus den Schornsteinen. Kurz klart der Himmel auf und Postkartenmotive entstehen. Wenig später ist's wieder dunkel. Man lebt im trüben Licht irgendwo zwischen Dämmerung und Nacht, helle Tage Mangelware.

Vielleicht hat man Glück und der Strom fällt aus. Generatoren versagen und mit ihnen Fernsehen, Radios, Computer. Der gigantische Transmissionsriemen der Unterhaltung ist gerissen, die Langeweile spuckt Funken und die Maschinen erkalten.

Dann geschehen Wunder!

Man produziert Hormone und Bürgersinn und tratscht in Nachbars Küche. Stillgelegte Kohleöfen werden reaktiviert, alte Gesten neu entdeckt. Der Mensch steht vorm knisternden Feuer und reckt klamme Finger in die Wärmewellen. Stumm ist es, lange Zeit macht nur die Glut Geräusche, und dann beginnt einer zu erzählen. Von Sepp und Tante und überall blubbern Gefühle. Die Beschreibung knirscht im Kitsch.

Auch das ist nicht mehr zu retten und geht vorbei.

Eine unbekannte Beamtenhand spielt Gott und dreht die Sicherungen rein. Die Zivilisation springt an und produziert endlich wieder CO_2 und Ozonlöcher. Solche Winter werden seltener. Man ist wieder zuhause, in der westlichen Welt, mitten in Hönigsberg und mitten im Heute. Mitten im, sagen wir, Klimawandel.

Tot sein

Oma hatte für ihr Begräbnis gespart. Die letzte Einzahlung auf ihrem Konto war wenige Tage alt. Die ersparte Summe entsprach auch den tatsächlichen Bestattungskosten, Leichenschmaus inklusive. Finanziell war ihr Tod eine Punktlandung. Die Hinterbliebenen redeten natürlich von Schicksal, weil sie dem Zufall einen Sinn geben wollten.

Mein Bruder rief an: »Ich muss dir was sagen, ich weiß gar nicht, wie. Es tut mir so leid.« – Da war es eigentlich schon ausgesprochen. Er konnte nur sie meinen! – »Großmutter ist tot!« Also doch.

Sie war 79 Jahre alt geworden und bis zuletzt in Arbeit. In den Schubladen lagen Schnittmuster, sie besserte mit Näharbeiten ihre Rente auf. Neben den Bögen aus Packpapier befanden sich die Lebensdokumente. Fotografien zeigen eine kontinuierliche Veränderung in ihrem Wesen.

Cäcilia wurde nicht nur älter, sie wurde auch feiner und fröhlicher. Von den Jugendbildnissen schaut eine stabile, unelegante, fast stumpfe Person. Nirgends sieht man sie lachen. Der Mund ist zusammengekniffen, ihre schweren, großen Hände säumen träge den muskulösen Rumpf. Sie war ein grobes Fräulein vom Land.

Christians Tod brachte Veränderungen.

Plötzlich lacht sie vom Papier. So habe ich sie auch in Erinnerung. Cäcilia war eine fröhliche Großmutter, ihr heiser-hohes Kichern begleitete meine Kindheit, diese verschrobenen Jahre neben ihr. Aber fast scheint es, als hätte sie das Lachen erst spät gelernt.

Im Alter wurde sie auch schmaler und leichter. Sie wurde schön. Nur ihre Hände zeugten noch von der Ausgangsbasis. Kurz vor ihrem Tod war sie eine zierliche Alte mit Bauarbeiterpfoten.

Die Tote im Sarg war eine exakte Kopie. Der Pfarrer sprach von »unserer Tochter Cäcilia«. Er gab sein Bestes, war noch sehr jung und angenehm attraktiv. Meine Oma mochte es gerne fesch.

Als Witwe eines Stahlarbeiters und Werkskapellenmitglieds hatte sie Anrecht auf musikalisches Geleit. Die Blaskapelle marschierte dunkeluniformiert mit. Es nieselte, da war gut heulen. Am Loch angekommen gab's letzte Worte und Händeschütteln.

Eine Alte kam zu mir und sagte: »Jetzt bin ich ganz allein.«

Hinter ihr stand Sepp und schüttelte den Kopf.

Im Wirtshaus gab es Fiakergulasch mit Semmeln, keine Knödel, das hatte sie sich gewünscht. Sie hatte gewusst, wie gerne ich das esse. Dazu ein Bier. »Passt schon«, hatte sie immer gesagt.

Christian Duda. *Autor, Regisseur, Vater im Ruhestand*

Keine Ahnung, ob ich irgendwann Großvater sein darf. Aber in meinem Alter macht man sich über so was Gedanken. Und in Gedanken wiederhole ich die herrlich schrägen Abenteuer mit meinen Kindern und projiziere mich etwas gebeugter, etwas grauer und kahler neben kleine Kinder, die exakt so aussehen wie meine Tochter, mein Sohn damals. Als sie klein waren.

Auch ich war einmal klein.

Als ich viereinhalb war, verließ ich Österreich, vor allem aber verließ ich meine Oma. Sie war meine Heimat. In Deutschland sollte ich die Eltern kennenlernen. Zum Glück fand ich sofort eine neue Heimat: meine Brüder. Wir wurden gemeinsam größer und groß. Außenstehende behaupteten zwar ständig, wir würden nie erwachsen, also groß und »vernünftig« werden, aber das war nur dummes Geschwätz! Jeder wird erwachsen, wenn er nicht früh stirbt. Und die wenigsten Erwachsenen sind vernünftig! Sie sind feige und nennen das vernünftig oder vorsichtig sein, das ist schon der ganze Trick.

Mit 18 Jahren verließ ich die Familie. Von Vater und Mutter wollte ich unbedingt weg. Der Abschied von den Brüdern fiel mir schwer.

7 Jahre war ich heimatlos, dann traf ich endlich meine Tochter. Sie war damals fast 5 Jahre alt. Ich wusste natürlich, dass sie erwachsen wird, war aber überrascht, wie schnell das geht. Somit ist es auch kein Zufall, dass zwischen meinem Sohn und meiner Tochter genau 18 Jahre liegen. Sie war weg und ich brauchte eine neue Heimat.

Mein Sohn kam pünktlich auf die Welt, alles war gut.

Aber auch er ist jetzt groß und studiert und ich lebe nun kinderlos in Berlin und träume vom Snowboarden.

Ich tu dies, tu das und lebe in Gedanken.

MIX
Papier aus verantwortungsvollen Quellen
FSC® C089473

Dieses Buch ist erhältlich als:
ISBN 978-3-407-75543-8 Print
ISBN 978-3-407-75570-4 E-Book (EPUB)

in der Verlagsgruppe Beltz · Weinheim Basel
Werderstraße 10, 69469 Weinheim

Text: Christian Duda
Lektorat: Stefanie Schweizer
Einbandgestaltung: Suse Kopp / Buchgestaltung
Herstellung: Sarah Veith
Satz: Publikations Atelier, Dreieich
Druck und Bindung: Beltz Grafische Betriebe,
Bad Langensalza
Printed in Germany
1 2 3 4 5 24 23 22 21 20

Weitere Informationen zu unseren Autor_innen und
Titeln finden Sie unter: www.beltz.de